Mitos y Leyendas de
Petalcingo, Chiapas, México

Ahkabal-ná 2100

~ SEGUNDA PARTE ~

Tatic Mamal
y sus Raíces de Oro

Mi agradecimiento

A mi hija Sonia y a su esposo Hugo Mercado Labastida, y mi hijo Gerardo. Un millón de gracias por ayudarme a salir adelante. También para mis otros hijos: Ivonne Aracely y Pablo. Y a mis nietos: Karla, Dieguito, Ana Laura, Sheila, Sheila Naomi, Fernando y Ricky. Todo mi amor para ellos.

Con mucho afecto va dedicado este libro
para las siguientes personas:

A mis hermanos: Modesto, Sergio, Diego, María, Chabela,
Sofía y América. Un saludo fraternal para mi terruño querido
Petalcingo, Chiapas, México, "Tu pueblo que un día te vio
nacer", dijo la Abogada Carmen Martinez. Muchas gracias.
Para mi gran amigo Alejandro Alex Gutiérrez y familia.
Gracias por su colaboración. A mis primos Emilio y Felipe
Martínez Hernández. Con mucho amor y respeto para mi tía
Manuela Hernández López. Es la última que me queda en
vida. Una mujer auténtica tzeltal con mucha historia.

Pablo Hernández Encino

Número de Control de la Biblioteca del Congreso de EE. UU.:   2012905634
ISBN: Tapa Blanda   978-1-4633-2408-7
                         Libro Electrónico   978-1-4633-2407-0

**Mitos y Leyendas
de Petalcingo, Chiapas, México**

Ahkabal-ná 2100
– SEGUNDA PARTE –

Tatic Mamal
y sus Raíces de Oro

PABLO HERNANDEZ ENCINO

ÍNDICE

INTRODUCCIÓN

Este es un viaje hacia la tierra de fantasías. Sueños y sentimientos de los antiguos tzeltales de Petalcingo que se transforman en una apasionante y loca aventura en el mundo insólito del señor Tatic Mamal, la diosa Shínula y Shánhuinic. Este es un espacio infinito donde no existe el tiempo, donde no se siente el hambre ni el frío.

¿Salvará Tatic Mamal al mundo con sus potentes raíces de oro de las crueles inclemencias del hombre? O el también dañará a la tierra con sus sofisticados experimentos. La gente creía que él provocaba los temblores de tierra. Y en cambio mi madre, en su escaso entender de los fenómenos naturales, pensaba que la tierra estaba volteando como voltear una tortilla en el comal cuando estaba temblando.

Así pues, emprendamos un viaje hacia el reino del señor Tatic Mamal remontándonos hacia diferentes etapas del tiempo y diferentes épocas. Nicolás fue traído por el mismo Tatic Mamal para dar fe y testimonio de todo lo que va a ocurrir dentro de este mundo desconocido.

* * *

Tatic Mamal y sus Raíces de Oro #1

Capítulo 1

Ya se encuentra nuevamente Tatic Mamal sentado en su asiento después de estar un largo rato en pie atendiendo a su hijo Shánhuinic y amenazando a Nicolás con mandarlo al calabozo luego de sentenciarlo a muerte si es encontrado culpable por estos hechos en contra de su persona de Shánhuinic.

Pero no fue así, afortunadamente él está libre de toda culpabilidad, y en estos momentos se encuentra parado ante el anciano muy atento escuchando lo que le está diciendo. Todavía no se acostumbra a esta pesadilla que está empezando a vivir. Con su cara de espantado y sus ojos clavados al piso, le está dando vueltas y vueltas a su sombrero pellizcando toda la orilla.

Este es el reino del señor Tatic Mamal que han venido hablando de generaciones en generaciones los habitantes del pueblo. Ellos no se equivocaron. Tal como ellos lo soñaron, lo pensaron, imaginaron y creyeron, así es. Todas las estructuras relucientes de este inmenso y majestuoso palacio, y de todos los objetos que aquí se encuentra, dicen que todos están hechos de oro. Tatic Mamal y su trono. Este recinto donde está ubicado el dicho trono se encuentra precisamente en frente de estos enormes salones que ya hemos hablado. Este asiento flotante de estructura de oro y diamantes, está ubicado sobre de estos cuatro lingotes o barras metálicas de oro que se asoman del suelo, pero sin conectarse con el asiento. Estas cuatro barras metálicas, dicen que cada una apunta una cuarta parte de la tierra, y entre las cuatro apuntan a los cuatro puntos cardinales. Todos los rincones de la tierra están expuestos al movimientos telúricos debido a que cuando Tatic Mamal se le ocurre mover una de estas barras, mueve a alguna parte de la tierra. Todavía en la actualidad, hay algunas personas por ahí que de repente se les ocurre platicar de estas raíces de oro de Tatic Mamal o del cerro de Ahkabal-ná, quienes alguna vez escucharon comentarios al respecto y creyeron acerca de estos hechos.

En estos momentos son las 11:30 de la noche en el mundo terrenal, pero aquí en el reino de Tatic Mamal no existe esa locura de andar corriendo para alcanzar el tiempo y siempre llegando tarde como en las grandes ciudades. En este momento no hay ruido que interfiera en el mundo donde empieza a vivir Nicolás. En Petalcingo también está en absoluto silencio, solamente los brujos y brujas que hacen de las suyas como siempre, andan ellos haciendo sus travesuras, pero sin hacer escándalo. Algunos borrachitos andan en alguna calle y en la oscuridad. Así pues, este famoso Tatic Mamal que ya todos conocemos, ha empezado a dirigir sus palabras y dirigir su hipnotizante mirada hacia los ojos de Nicolás. Y esto le ha puesto a él en una situación sumamente difícil. Por más que Nicolás no quiera alzar sus ojos para verle la cara al anciano, de vez en cuando le mira de lado, tal vez cuando su fuerza de voluntad es opacada por la potente voz del anciano. Pero conforme transcurre el tiempo, empieza a ceder y darse un poco de valor para empezar a enfrentar todas las situaciones que le esperan.

Vuelan pensamientos. Estos son los pensamientos de Nicolás que ha volado hacia los viejos tiempos, recordando todo lo que le platicaban sus abuelos. Tal vez hayan sido los mismos narrativos que yo escuchaba, sólo que él nunca ha creído. Pero empiezan a pasar en su cabeza tantas cosas que poco a poco termina por creerlo. Anteriormente sólo creía en su botella de aguardiente, y tal vez de eso haya sido la razón, el porqué Tatic Mamal lo escogió a él, para demostrarle que no hay ninguna duda de su existencia.

En ese instante y después de recorrer casi los 30 años hacia a tras sobre su existencia, ha empezado a coordinar bien sus ideas –según él–, y aceptar todo lo que sus abuelos le relataban también, y por supuesto creer en Tatic Mamal que lo tiene junto a él. Nicolás ya se siente un poquito más tranquilo, y por cuenta propia y con dificultad de modular su lengua para pronunciar algunas palabras y preguntarle a Tatic Mamal acerca de su extraña estructura de su asiento que lo ha inquietado desde que llegó aquí. Ahora sí, parece que su curiosidad lo ha armado de valor dejando atrás poco a poco ese miedo que lo tenía invadido. Entonces, él cree que es el momento oportuno para empezar hacer esas preguntas y sentirse un poco más tranquilo.

"¿Qué hacen esos fierros debajo de su silla, señor Tatic Mamal? ¿Acaso esos son sus raíces de oro que tanto se habla en mi pueblo?" preguntó Nicolás a Tatic Mamal un poco sereno.

"¡Tú lo acabas de mencionar! Tus conciudadanos no se han equivocado como tú. Ellos siempre han creído en mí y en mis hijos desde nuestro surgimiento en este reino que ahora nos pertenece. Ellos nos dieron vida y poder con su profunda fe y confianza, y gracias a eso somos tan palpables como tú. La única diferencia es, que nosotros seguimos siendo alimentado por la fe y esperanzas de la gente. ¿Entendido? Yo te hice venir aquí, precisamente para demostrarte mi existencia, para demostrarte quién soy yo realmente, para que veas con tus propios ojos quién es Tatic Mamal y a qué se dedica. Esa es la misión que tú tienes que cumplir", le explicó Tatic Mamal a Nicolás.

"Estoy tratando de recordar todo... todo lo que la gente platicaba, señor. Yo no creía en los relatos de los abuelos, pero ahora estoy tan asombrado. Parece un sueño todo esto", respondió Nicolás.

"¡Sí! Éstas son mis raíces. Y a través de estas raíces estoy intercomunicado con todo el orbe. Y estos objetos metálicos están compuestos de puro oro macizo. ¡Mira cómo brillan y cambian de colores! ¿Verdad que es una maravilla? ¡Ja, ja, ja, ja! Hasta ahorita ningún animal ambicioso llamado hombre me ha descubierto. Pero el día que me descubran, ellos hasta van a pelear y matarse como perros por estas pertenencias mías. Así pues, mis raíces están diseñadas para darle movimiento gradual a la tierra y cuyos efectos dependen de la voluntad mía. Si alguna vez has escuchado que la gente habla de temblor de tierra, terremotos y otros fenómenos, precisamente yo soy el que lo ocasiona todo", dijo Tatic Mamal.

"Estas raíces mías son intercontinentales, transoceánicos. No existen cerros ni volcanes, ni mares, ni profundidades que no atraviesen. No hay barreras que obstaculice. Es por eso que puede temblar la tierra en cualquier momento, en cualquier parte y en cualquier escala. Como te acabo de decir, mis raíces no tienen barreras, tampoco existe alguien que ya se le ocurrió pensar en mis poderes. ¡Eso no! ¡Nunca! Solamente los tzeltales, mis aliados", dijo Tatic Mamal.

"¿Entonces sí es cierto que usted hace temblar a mi mundo? Si viera usted cómo nos asustamos cuando está temblando. Correderas de gente entre las gallinas, entre los cerdos y perros", dijo Nicolás.

"¡Has hecho muy bien en hacer esa pregunta! Yo te lo demostraré paso a paso cada una de mis actividades detalladamente, pero todo esto será en su momento oportuno. Lo importante es que ya estás aquí para presenciar con tus propios ojos todo lo que aquí acontece todas las noches", dijo Tatic Mamal.

"¿Sabe qué, señor Tatic Mamal? Desde la mañana que salí de mi casa, no he bebido mi posol, tengo sed y estoy hambriento como un choj. Se lo dije cuando le pregunté si podía lavar mi ropa. Ya no aguanto la frialdad de mi ropa ensangrentada, ya huele bien feo, señor. Esta es la segunda vez que le pregunto, señor Tatic", dijo Nicolás.

"Ya te escuché. No me estoy haciendo el tarugo. Yo sé lo que hago. Pero no te preocupes, porque dentro de unos instantes todo se te va a olvidar y ni cuenta te vas a dar", le dijo Tatic Mamal.

"Cómo no me voy a preocupar, sí desde que entré aquí ya siento desmayarme. Pero..." dijo Nicolás.
"¿Pero ¿qué?", respondió Tatic Mamal.

"¡Usted es un verdadero cashlán colmilludo! Con que facilidad responde a mis preguntas. Así me respondían los cashlanes del pueblo. Son bien listos, y yo con trabajo hablo mi propia lengua", contestó Nicolás.

"Tu ignorancia te hace confundir", dijo Tatic Mamal con tono de burla.

"Pues sí", respondió Nicolás achicopalado.

"Después de haber sido llevado mi hijo a sala de recuperación... yo te dije que no tenías ningún derecho a tocar absolutamente nada de todo lo que hay aquí, ¿y sabes por qué? Aunque se vean tan reales solamente es una parodia, solamente es una pantomima. ¡Tú lo sabes! Tú eres el primer mortal que fue llamado a entrar en esta casa, en la casa del señor Tatic Mamal, como me han llamado tus antepasados", dijo Tatic Mamal.

"¡Oiga, señor Tatic Mamal, ¿por qué me quedan mirando esos muñecos? Como que están vivos. ¡Mire! Cómo mueven sus ojos. Y cuando venía entrando una señora gorda que estaba limpiando un plato bien brilloso, me sacó su lengua", preguntó Nicolás.

"No son muñecos. Son algunas de las almas que recobrarán vida dentro de unos momentos. Y esa señora gorda que tú dices, es una reina que vivió con todo sus lujos hace miles de años. Ella nunca tiene reposo igual que el campanero. ¡Pero tú qué vas a saber de esa familia! ¿Tú qué vas a saber qué significa una reina? Te quedas advertido estrictamente que no vayas a ver directamente los ojos de estos seres si no quieres quedarte congelado como ellos, y vete preparando para ver todo lo que va a pasar. Estos duendecillos que me están limpiando los zapatos son algunos de tantos servidumbres que trabajan para mí desde hace muchísimo tiempo. No les tengas miedo, ellos son muy amigables, pero te lo advierto que ellos se divierten de los indeseables dentro de mi territorio, y con aquellos incrédulos que viven sin fe y sin valor", le advirtió Tatic Mamal a Nicolás.

"Sí. Se ven en sus caritas de angelitos que son muy amigables, son unos santitos. Yo he escuchado pláticas de la gente que esos pingos del demonio son unos malvados, que los confunde a los que le pisan sus huellas donde caminan estos diablillos y los desorienta y que a veces hasta matan a cosquilleadas. Dicen que muchos han muerto en manos de estas malignas criaturas. ¡Pues quién sabe! Es lo que dice la gente", dijo Nicolás. Así es que estos son los mentados duendes que platican en el pueblo. Yo nunca había visto uno siquiera, hasta ahorita y no uno, muchos", terminó explicando Nicolás.

Efectivamente entre 17 duendecillos traviesos y barberos que hasta se pelean para tocarle los pies a Tatic Mamal. Estos son los que se encargan de lustrarle sus zapatos. Y el comentario que hizo Nicolás acerca de ellos como que no les cayó muy bien, a cada rato le sacaban la lengua y se tapaban la boca con la mano para burlarse de él. "Ji, ji, ji, ji".

Quedan solamente escasos segundos para la medianoche, y este anciano tiene que estar de pipa y guante en esta gran fiesta. Nicolás, después de enterarse acerca de las potentes raíces de oro del señor Tatic Mamal, y ser presentado ante estos repugnantes y malignos duendecillos.

Ahora se prepara para la siguiente fase de su visita en este reino. De un abrir y cerrar de ojos se bajó Tatic Mamal de su asiento que ni si quiera nos dimos cuenta cómo lo hizo.

* * *

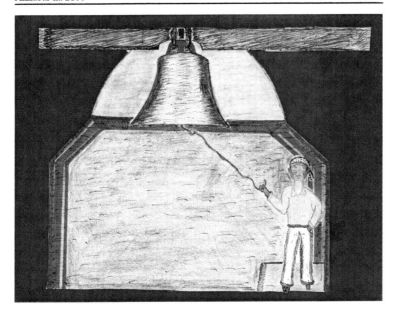

Tullido, El Campanero

Capítulo 2

S ólo faltan unos segundos para la medianoche. Tullido
tiene que dar sus tres campanadas para que todos los
presentes y los que van a venir simulen estar vivos y
brindarles placer a sus físicos tal como lo hicieron en vida.
Así pues, Tullido es el encargado de reactivar todas las almas dando sus tres campanadas todas las noches. Este Tullido desde que asumió a su cargo nunca se ha bajado del lugar.
Tatic Mamal lo ha sometido bajo sus más estrictas reglas
dándole este pesadísimo trabajo como castigo de sus crímenes. Así es que este infeliz asesino del pueblo nunca goza de
su descanso, nunca disfruta de su tiempo libre lo que marca
la ley. Este lugar donde se encuentra el campanero permanentemente, tiene forma de una cúpula de iglesia y justa-

mente a un ladito donde está la campana colgada.

Tullido fue multiasesino en Petalcingo, pero nunca fue castigado con todo el peso de la ley, y cuando alcanzaba su libertad tardaba más en salir que volver a matar. Y esto lo vamos a saber por medio de Nicolás en un momento. Este campanero sí en serio está tullido de las manos. Apenas la puede mover una de ellas para jalar el mecate de la campana, y a veces hace berrinche cuando no le responden debidamente. Aparte de que está impedido de las manos, tiene una pata de palo reemplazando a un pie que perdió por un cáncer maligno que tenía. Y siempre trae un paliacate mugroso y apestoso amarrado en la cabeza.

"Bueno. Ven conmigo para que conozcas al campanero, ya es hora de llamar a las almas", le dijo Tatic Mamal a Nicolás.

Pero cuando llegaron donde está Tullido, Nicolás, al voltear su cara hacia arriba donde está él trepado, se adelantó gritando o ladrando como un perro embravecido. Casi arrancaba sus cabellos de coraje y odio cuando se dio cuenta que el campanero era conocido suyo, a quien le guardaba tanto rencor por tanta maldad que le hizo cuando éste sujeto era viviente. Ese maldito sujeto se ve tan real tal como se veía caminando en el pueblo, y ya nada más es su perro espíritu.

"¡Ooohh, nooo! No puede ser!" dijo Nicolás a gritos.

"¿No puede ser qué?", pregunta Tatic Mamal.
"¿Este desgraciado perro matón todavía no está en el infierno pagando todo lo que hizo?", le preguntó Nicolás a Tatic Mamal.

"Sí, aquí está todavía y aquí estará mucho más tiempo para saldar las cuentas que tú mencionaste. ¿Pero por qué lo insultas tanto a este tullido? ¿Acaso no se llevaban bien?" preguntó Tatic Mamal.

"Este perro mugroso era un cashlán muy malo. Mucho daño le hizo a la comunidad. Hasta los mismos cashlanes le tenían miedo. Él mataba a sangre fría; mató a mi mejor amigo. Era un maldito desgraciado. Pero nunca pensé volverlo a ver y resulta que ahorita está ante mis ojos. Murió tal como un perro sarnoso en la calle y tullido así como está todo tieso de las manos. Murió en la noche, pero nadie se dio cuenta a qué horas fue, hasta el siguiente día que amaneció lloviendo dieron la noticia de él que ya había muerto. Eso ya tiene más de 17 años. Me acuerdo que un día se atrevió a saludarme cuando ya estaba todo tullido e inútil, pero rápidamente corrí a lavar mis manos con agua bendita", terminó Nicolás explicando a Tatic Mamal.

"Pues allí lo tienes. Es el mismo que tú conociste en vida cuando él era intocable, y sigue siendo intocable porque todos lo detestan", le dijo Tatic Mamal.

"¿Desde cuándo está aquí este perro?", preguntó Nicolás.

"Cuando estaba su espíritu parado junto a su tumba mirando cómo lo estaban enterrando a su asqueroso y criminal cuerpo. En ese momento ordené a un grupo de agentes especializados que habían trabajado para la seguridad federal de un país con mucho potencial, y eran unos malditos perros también. Están aquí porque de vez en cuando hay trabajitos para ellos. Mis duendecillos solamente hacen trabajitos suavecitos. Ellos no pueden con los peligrosos criminales. Ellos lo trajeron arrastrando de los cabellos y de tantas patadas que le dieron en la cabeza le volaron buena parte del cuero cabelludo y por eso siempre trae ese paliacate. No quería venir, no se dejaba arrestar. Se echó a correr alrededor del panteón, pero con un pie de palo no podía ir muy lejos. ¿Has visto cómo los sacan de sus casas arrastrando las nuevas autoridades en cada año en tu pueblo?", le preguntó Tatic Mamal riéndose a Nicolás.

"Sí. He visto! Así lo sacaron a mi tío de su casa arrastrando, disque para que fungiera como nueva autoridad del pueblo. Entre un montón de personas lo llevaron arrastrando al cabildo donde tenía que estar un año perdiendo su tiempo", explicó Nicolás a Tatic Mamal.

"Así llegó aquí este perro, pero no para un año. ¿Dices tú que murió hace más de 17 años? Es el tiempo que lleva aquí, y siempre estará aquí hasta el final de nuestra misión", dijo Tatic Mamal.

Desde allá arriba en ese incómodo lugar que ya dijimos y casi debajo de la enorme campana, está Tullido escuchando todo lo que estaban hablando de él. Y de repente, bien enojado empezó a insultar a Nicolás a gritos, lanzándole toda clase de maldiciones, tal como lo hacía en vida.

"¡Ya cállate el hocico, méndigo indio calzonudo! ¿Quién te crees tú que eres para venir a decirle a este mendigo viejo lo que hice y lo que no hice en mi perra vida? ¡A ti qué te importa! Cómo me gustaría tener vida y poder ahorita mismo rociar a balazos tu mugroso cuerpo como lo hacía con tu mugrosa gente. No sé cómo te escapaste de mis pistolas si tú también estabas en mi lista. A ti también te quería matar como a un perro, cabrón", terminó diciendo Tullido a Nicolás bien enojado.

"Yo sé, maldito Tullido. ¿Te acuerdas que una vez nos aventaste una piedra cuando estábamos jugando mi primo y yo en frente de la iglesia? Esa piedra pasó rozando nuestra cabeza, otro poquito nos hubieras matado", le respondió Nicolás temblando de rabia.

"En microsegundos, tiempo mortal, serán las doce de la noche, y ya sabes qué hacer, Tullido. Pero antes voy a ordenar que te den una calentada por bravucón", dijo Tatic Mamal al Tullido muy molesto.

Efectivamente. Tatic Mamal llamó a ocho de los mismos policías que arrestaron a Tullido hace más de 17 años, expertos en romperle la madre a cualquiera. En presencia de Nicolás y de Tatic Mamal lo bajaron y le empezaron a dar su buena paliza antes de tocar la campana. Pero, qué revolcada le dieron primero. Llegó la hora, empezó a dar sus tres campanadas, Tatic Mamal tronó sus dedos y al instante se despertaron los fantasmas simulando ser seres vivientes y con toda sus necesidades físicas.

* * *

Fantasmas en Convivencia

Capítulo 3

Nicolás ha quedado nuevamente rígido como un pollo congelado tal como cuando encontró a la serpiente herida en el camino. Pero esta vez no por la serpiente; está temblando de susto por la paliza que le dieron a Tullido esos policías fortachones y malencarados. Pudo haber pensado que a él también le iba a tocar. Pero afortunadamente al sonar las tres campanadas, al instante y ante sus desorbitados ojos empezaron a desfilar esos seres que se ven tan reales que ni parecen ser sólo despojos de humanidad. Estos eventos le hicieron olvidar a Nicolás todo lo de Tullido y aparentemente empieza a distraerse en estos momentos.

Esta gran fiesta parece ser totalmente en vivo, pero no es así. La presencia de Nicolás aquí ante estos hechos, tampoco es en vivo, sólo es un personaje ficticio creado para cubrir estos acontecimientos.

En forma tan breve vimos en el primer libro algunas de estas escenas de lo que supuestamente aquí ocurren todas las noches, y ojalá los que ya han leído el primer libro, para que traigan las manos sudorosas de emoción y de suspenso, para que esta segunda parte sea el comienzo de una verdadera loca aventura en este insólito mundo del viejo barbón llamado "Tatic Mamal y su hija la Diosa Shínula". ¡Bienvenidos nuevamente!

Continuando con el relato, los antiguos nativos del pueblo pensaban que estas almas han venido de diferentes partes del mundo, obviamente incluyendo a los de Petalcingo. Y también comentaban mucho de los angelitos que mueren antes de ser bautizados. Pues no se equivocaron, tal como ellos lo pensaron, así es y aquí están presentes como ya se ha dicho en otras ocasiones. Estos enormes y lujosos espacios donde se está llevando a cabo esta gran fiesta, gran noche de gala en alfombra roja, no se queda en segundo lugar si lo compararan con el palacio de las bellas artes, o con algún otro lugar en el mundo donde asiste gente de alta alcurnia, ya que estos lugares también son verdaderamente espaciosos y elegantes. Así pues, esto es sólo un aproximado de la cantidad de las presentes almas que superan los cinco mil y que se ven tan reales, vestidas elegantemente como si fueran invitados de algún importante personaje o reuniones entre políticos.

Aquí hay razas de todos colores, de todo tamaño, de todas las edades y lenguas. Pero más por allá por las orillas de este dicho lugar se ven laberintos o pasadizos muy oscuros donde empiezan a salir más esqueletos todos vestidos de negro y con grandes candelas encendidas en las manos. Todo esto ha hecho al ambiente completamente lúgubre. De repente las luces de los candelabros cambian de colores y esto hace al ambiente que se vea terrorífico y los presentes repentinamente se ven todos cadavéricos.

En la parte central de esta sede se encuentra instalado el escenario de la orquesta sinfónica, y los ejecutantes son calaveras en acción musical.

No sabemos cómo se llama la orquesta sinfónica, sólo podemos decir que tocan bien bonito y todos están disfrutando al compás y al ritmo de la clásica pieza musical contemporánea, "El Danubio Azul". Es verdaderamente un fiestón de lujo. Ahora sí, les puedo platicar con todo sus detalles que todos estos acontecimientos ocurren todas las noches. No se equivocaron en imaginar mis tatarabuelos. Aunque ellos no hablaban en castellano, ni siquiera sabían leer y escribir, pero sí, eran bien imaginativos. Decían en el pueblo que muchos alcanzaban a escuchar el escándalo y que hasta lo miraban a Tatic Mamal caminando de un lado a otro. Pues, ¡quién sabe!... Pero así platicaban y así les platico a mis lectores también en estos modernos tiempos.

Tal como ya está dicho, damas y caballeros, ellos están elegantemente vestidos, excepto Nicolás. Él está verdaderamente asombrado por todo lo que está presenciando. Ante sus ojos pasan y pasan hermosas shínulas que nunca en su vida había visto. Él está acostumbrado a ver shínulas normalmente vestidas en el pueblo, pero ahora son otras las que desfilan ante sus ojos. En unos minutos más estarán entrando los brujos del pueblo que vienen a comer. Como es bien sabido, aquí encuentran comida en abundancia, ellos van a venir hambrientos y más si no han embrujado a nadie. Cuando entren es posible que Nicolás los reconozca a algunos de ellos porque la mayoría son del mismo pueblo.

Fantasmas que fueron buenos tomadores de alcohol en vida, hombres y mujeres están dando sus grandes chupetes de licor de todo tipo. En esta barra hay tres "bartenders" que no se dan abasto de atender a tantos borrachos, y por lo tanto, de vez en cuando tienen problemas con ellos. Fumadores, hasta morir. La orquesta fantasma a su punto máximo de su rendimiento. Cinco de las elegantes damas que están bailando con sus respectivas parejas quieren conversar con ellos, pero ellos no entienden el lenguaje de ellas. Tal parece ellas están hablando en inglés, y ellos en turco, y las demás parejas están en las mismas situaciones. La razón es muy sencilla. Claramente pensaron los antiguos nativos que ellos han venido de diferentes partes del mundo. Son sus espíritus únicamente, pero actúan tal como fueron en vida.

Dos mujeres alemanas que bailan de "cachetito" con sus parejas, únicamente dicen "aaahhhh", porque ellos son africanos. Y así sucesivamente está ocurriendo durante todo este lapso que lleva esta convivencia. Un par de japonesitos desean compartir sus emociones con sus parejas de baile que son coreanitas, aunque tengan los mismos rasgos, tienen los mismos problemas por el lenguaje. Dos de los cantineros le están dando buena madriza a dos borrachos impertinentes. Pero muchos de los presentes se divierten en grande y a carcajadas manifiestan sus alegrías.

Tatic Mamal, desde su asiento flotante le está dando un vistazo hacia el área de la concurrencia. Su visión de águila le permite ver hacia todos los rincones de estos lujosos salones donde se está llevando a cabo esta gran fiesta.

Nicolás está verdaderamente asombrado. Esporádicamente se da sus profundos suspiros de emoción y con ganas de echarse un trago de licor en la barra junto a hermosas damas. Tatic Mamal le queda mirando con gesto de burla. Mueve sus hombros y cabeza y le pregunta.

"¿Cómo te sientes, Nicolás, te estás divirtiendo?", preguntó Tatic Mamal.

Momentáneamente Nicolás ha quedado sacudido por la pregunta que le hizo Tatic Mamal, pero tan distraído estaba no le pudo contestar. Segundos después se dio cuenta que le había hablado hasta entonces, tartamudeando y con titubeos le empezó a platicarle de sus emociones.

"Nunca en mi vida he visto algo parecido, señor Tatic Mamal", le dijo a Tatic Mamal con voz de asombro y siguió hablando. "Nunca en mi vida había estado en una fiesta tan bonita como esta. Todo lo que estoy mirando ahorita no sé si es verdad o estoy soñando o me estoy volviendo loco de verdad. ¡No puede ser! Yo sólo traje cargando a una serpiente bien herida, y ahora estoy en esta fiesta de puros cashlanes y shínulas. Pero lo que sí estoy seguro y me acuerdo muy bien, es que le había dicho a mi esposa y a mi Luquitas que regresaría temprano ese día cuando salí de mi casa al trabajo", finalizó explicándole a Tatic Mamal.

"¡Ahhh!", exclamó Tatic Mamal moviendo su cabeza.

"¡Entonces sí es cierto lo que comentan en Petalcingo que este cerro está encantado", le dijo Nicolás a Tatic Mamal bien sorprendido, suspirando y apachurrando su sombrero, dándole vueltas y vueltas de un sentido a otro.

"Tú lo acabas de decir. Soy tan palpable para todos aquellos que creen en Tatic Mamal y sus hijos. Ya lo estás comprobando que sí, es absolutamente cierto que existo", le dice Tatic Mamal.

"¡Sí, señor!", contestó Nicolás.

"Yo conozco toda tu gente. Ellos de generaciones en generaciones han venido celebrando sus ceremonias en el sagrado recinto, en el sagrado lugar de sus invocaciones. Los antiguos nativos de tu pueblo dejaron establecido todo. Ellos se fueron satisfechos por sus inicios en este largo camino hacia la modernidad. Y tú, ¿por qué nunca has participado con ellos? ¿Acaso nunca recibiste instrucciones de tus padres que para lograr una meta hay que sacrificarse?", preguntó Tatic Mamal regañando a Nicolás.

"Pues sí. De vez en cuando me platicaba mi papá acerca de este cerro y de ustedes, pero como ya le dije, un triste borracho como yo, prefiere andar tomando posh todos los días. Y además, yo nunca he creído en estos hechos. Yo pensaba que sólo eran chismes de la gente, pero nunca me imaginé venir a ver tantas cosas tan bonitas que hay aquí, y estas shínulas tan bonitas que son. ¿Y mis antepasados entraron aquí también?" preguntó Nicolás.

"¡No! Físicamente no. Tú eres el primer mortal que ha entrado en mi casa. Y tú estás aquí precisamente por incrédulo como lo acabas de reconocer. Ellos sí creyeron tanto en nosotros, ellos entraron espiritualmente y se llevaron en sus memorias todo lo que acontece en la casa de Tatic Mamal. Ellos tenían alto rango de imaginación y creencias. Ellos le pusieron ese nombre de convivencia. Y los brujos que entran a comer, utilizan los trucos que yo les enseñé; yo los capacito y los recapacito a quienes desean descubrir sus facultades, pero muchos de ellos los utilizan para hacer maldades y eso me irrita mucho y es por eso que en ocasiones yo mismo los castigo. Ellos entran volando convertidos en aves de carroñas y en otros asquerosos pájaros", finalizó explicando Tatic Mamal a Nicolás.

"¿Quién es usted, señor Tatic? ¿Es usted un maestro o un cajualél? En su cara lo dice todo. Usted es un impactante cashlán", preguntó Nicolás.

"Tus antepasados imaginaron que yo era así, y así soy, y mi hija Shínula también, que en unos instantes va a venir", explicó Tatic Mamal.

"¡Qué interesante!" respondió Nicolás.

"¡Nicolás! No lo digo por mí, pero nunca te dejes llevar por puras apariencias. Sobre la tierra puede existir un cashlán más bruto que tú. Y no soy cajualél, simplemente soy el señor Tatic Mamal. Aunque en ocasiones sí enseño a descubrir sus habilidades anormales a quienes tienen esas inquietudes, como ya te lo dije, pero nunca he dicho que soy un maestro. De eso ya estás enterado", agregó Tatic Mamal a Nicolás.

"Con razón mi pueblo está lleno de brujos", contestó Nicolás.

"¿Me has entendido todo lo que te dicho, o prefieres es-cucharlo en tzeltal? Aunque no es recomendable hablar en puro tzeltal, pero tampoco olvidarse algún día. Los tzeltales de Petalcingo son muy orgullosos, vanidosos e inteligentes. Ellos han trazado sus propias metas, ellos son visionarios, pero eso no quiere decir que se van a olvidar de su origen, de su cultura, de su tradición. Petalcingo será tierra de talentos algún día. Así está escrito", dijo Tatic Mamal.

"¡Sí, señor! Lo que usted diga", contestó Nicolás con un ojo hacia el público y el otro hacia la cara de Tatic Mamal.

Así pues, el ilustrísimo, elocuente orador sabio y catedrá-tico señor Tatic Mamal, ha dejado a Nicolás un poco aturdi-do por estas filosóficas palabras. Tatic Mamal está bastante interesado en mostrarle a Nicolás todo su poderío, puesto que para eso lo destinó que él entrara a su casa para que se diera cuenta de su existencia y de todo lo que hay dentro del cerro de Ahkabal-ná. Este caballero de las cavernas de oro, cada vez está interesado en explicarle mucho más de él. No obstante, de su escaso entender, Nicolás, esforzando de su entorpecido cerebro ha empezado con sus curiosas pregun-tas que de repente sacude a Tatic Mamal. Pero el anciano se siente satisfecho y es un placer para él darle toda clase de explicaciones para que vaya entrando en confianza o vaya perdiendo el miedo para retar grandes desafíos, ya que en el transcurso de su larga aventura le esperan muchos peligros.

En esta suculenta y bien nutrida fiesta, ha transcurrido aproximadamente una hora tiempo mortal. Nicolás no desa-provecha ni un sólo segundo para disfrutar todo el contenido de esta fiesta.

A él le ha sido estrictamente prohibido por Tatic Mamal tocar todo lo que se come y se bebe y no mirar directamente a los ojos a nadie, aunque aparenten ser seres vivientes, pero sólo es una ilusión óptica, y por lo tanto, tiene que aguantar sus emociones personales. Hermosas shínulas siguen y siguen bailando de a cachetitos con sus parejas aunque no intercambien palabras. Todos los concurrentes están gozando este momento placentero.

Nicolás, medio atarantado de la emoción hace un cliqueo fotográfico mental para tener grabado en su cerebro todos los detalles de esta gran convivencia entre seres de otra dimensión. Así aparenta sus movimientos corporales. No disimula su gozo. Hasta disfruta cada apachurrón que se dan las parejitas. Tan borracho es Nicolás, pero ahora es el que está en sus cabales. Nada más mira y mira las botellas del sagrado posh que tanto le encanta en su mundo. Él no puede tocar absolutamente nada, ni siquiera la suculenta comida.

Pobre Nicolás. Cómo que le gustaría llenar su estómago de tanta comida y de tanta bebida y llevar muchos recuerdos de las mil maravillas que hay aquí.

En este lujoso palacio de estructura de oro y diamantes, cualquier otro intruso que pudiera entrar aquí querría llevarse todo lo que hay. Nicolás es borracho, pero no piensa robarle a Tatic Mamal, eso creo yo. Nicolás, mirándole la cara a Tatic Mamal y volteándola al mismo tiempo hacia alguna parte, sigue disfrutando todo lo que está ocurriendo.

De repente mira a una anciana que está limpiando los vómitos de algunos borrachos y le saca la lengua para que se le quite lo mirón, o porque a ella le da vergüenza que la miren haciendo ese trabajito, o quién sabe.

"¡Señor Tatic Mamal!", dice Nicolás.

"Sí. Dime", respondió Tatic Mamal.

"Esa viejita shínula que está limpiando el piso me sacó su lengua bien larga", dijo Nicolás.

"Te dije que no mires a los ojos de estos seres. ¿Cuántas veces quieres que te diga que ellos ya están muertos? Esa viejita que dices, fue una reina", –dijo Tatic Mamal– "lo que quedó de una poderosa y rica integrante de una dinastía. Ella murió hace más de mil años. Su espíritu vino a dar aquí y ella odia su actual ocupación. Por eso siempre anda gruñona, pero no le hagas caso", dijo Tatic Mamal.

"¿Por qué está aquí?", preguntó Nicolás.

"Porque fue una mujer muy poderosa en sus tiempos. Mientras otros morían de hambre, ella gozaba en grande de su riqueza. Ella y su familia nunca supieron cómo vivía la gente pobre y eran muy egoístas. Si tú te hubieras parado junto a la puerta de su palacio te hubieran sacado sus guardias a patadas o te hubieran cortado la cabeza", dijo Tatic Mamal a Nicolás.

"No sé qué tanto es mil años, pero creo que ni mis abuelos habían nacido todavía", respondió Nicolás con voz temblorosa.

"¡Eso crees! Pero tú ya has vivido muchos años atrás.

Tú eres la reencarnación de siete generaciones, Nicolás, sólo que el que fue tu último físico en tu vida pasada también fue un borracho, pero él era un cashlán bien estudiado que vivió muy lejos de aquí", dijo Tatic Mamal explicándole a Nicolás.

"¡Aaahhh", exclamó Nicolás bien embobado.

"Bueno, ya hablamos de la mujer que te enseñó su lengua, y cabe mencionar que para la muerte no hay privilegiados. Si ella se creía intocable en vida o se creía diferente que otros, es porque era muy imbécil. Ya te dije que para la muerte no hay diferencias. ¿Entendido?", explicó Tatic Mamal.

"Pero tú me dijiste que algunos fantasmas gozan de privilegios", dijo Nicolás.

"Sí, es verdad, pero cada sujeto es un mundo diferente. Si alguna vez le diste la mano a un necesitado es posible que asista a tu velorio, pero si eres un desgraciado egoísta, es posible que recibas sólo sus maldiciones. Los castigos y privilegios son basados del tabulador de conductas", dijo Tatic Mamal muy en serio.

Ya es casi la una de la mañana y Nicolás ya debería estar bien cobijado junto a su esposa y a sus hijos. Pero no es así, ya que tiene que estar en pie para seguir presenciando y disfrutar de alguna manera esta gran fiesta que está en su punto máximo.

El señor Tatic Mamal, como anfitrión de esta tertulia, y de acuerdo a las versiones de mi abuelita que yo escuchaba, decía que él es también un gran músico y de los buenos. Pues todo es posible. Nadie sabe de dónde sacaban tantas ideas locas, pero a mí me emocionan tanto en la actualidad y así lo escribo, yo soy el sucesor de ellos.

Tatic Mamal le ordena a Nicolás que se quede parado donde han estado presenciando a la multitud de fantasmas en convivio, y él se dirige hacia el escenario exactamente donde está un viejo piano y empieza a deleitar al público, incluyendo a Nicolás también. Así que Tatic Mamal ha empezado a demostrar su talento como gran pianista. Sus largos y velludos dedos caen cadenciosamente sobre las teclas de este piano produciendo extrañas notas musicales. Este gran talento musical no le pide absolutamente nada a los grandes genios de la música contemporánea, ya que él haría un mano a mano con el mismo Beethoven si estuviera su alma aquí también. Mientras tanto, Nicolás está más sorprendido y emocionado por estos inesperados acontecimientos que le han aparecido en estos últimos minutos de su existencia.

Tatic Mamal ha dejado a los concurrentes complacidos con sus extraños y mágicos sonido de cada nota de su pentagrama ejecutada en el piano. En ese momento, hace su aparición la diosa Shínula y pasa junto a Nicolás. Tan hermosa que es la mentada Shínula, Nicolás no disimula sus inquietudes por ella, sacude su cabeza y talla y talla sus ojos para mirarla bien. Se le ha olvidado ya por completo que sólo son fantasmas los que lo rodean. Ya ni se acuerda de su mundo habitual donde sus seres queridos lo están esperando. La Shínula se para junto a su padre para admirarlo y aplaudirlo. Nicolás da profundos suspiros de emoción, ya que nunca en su vida se había divertido tanto como esta primera noche de su loca aventura. Pero cuando termine esta fiesta, quién sabe qué le espera a este pobre hombre.

El escándalo se ha armado en grande en este gran y lujoso salón de convivencias dentro de este cerro de Ahkabal-ná.
Ellos siguen y siguen. La música a todo volumen, bailan,
toman, fuman, tragan y vomitan.

"¡Ooohhh! Se me hace que esa es la mentada Shínula.
¡Qué bonita está!", se expresa Nicolás asimismo bien emocionado por la Shínula que acaba de pasar junto a él.

"¡Padre! ¿Quién es esa alma que anda descalzo y bien
remendado de su ropa?", le preguntó Shínula a su padre.

"Es un mortal, hijita. Ese es Nicolás que te he platicado",
le respondió Tatic Mamal su hija.

"Aaahhh! ¿Ese es?", dijo Shínula.

* * *

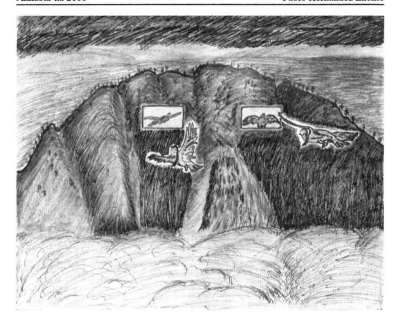

Brujos Entrando al Cerro

Capítulo 4

Son las 2:20 de la mañana, tiempo mortal. Las ventanas del cerro están abiertas de par en par. En ese preciso momento están entrando los brujos de Petalcingo y algunos de otras comunidades, que noche tras noche tienen como costumbre venir a cenar a esta hora, y según ellos, aprovechan cuando la fiesta está a su punto máximo, y que a esa hora están todos bien distraídos incluyendo a Tatic Mamal y a los demás, así decían.

Entonces, a esta hora se organizan ellos para transformar sus cuerpos en repugnantes aves y vuelan esta manada de brujos hacia este cerro de Ahkabal-ná. Así pues, a través de las dos grandes ventanas entran uno por uno y sin que se rocen sus alas contra los marcos de las ventanas. Pasan volando libremente. Esta noche han venido 27 brujos a comer.

Para poder relatar sobre estos brujos que están entrando, es que supuestamente estamos afuera del cerro, y luego nos trasladamos hacia dentro para que veamos qué está pasando con los que ya están allí desde hace rato.

Efectivamente, estos brujos hambrientos conforme van entrando van recuperando sus figuras originales. Algunos prefieren seguir con su figura de animal y así empezar a devorar la comida. Hombres y mujeres brujos, amontonados rodeando la enorme mesa que está localizada en una esquina del salón donde los fantasmas se divierten. Esta mesa tiene cavidad para muchísimas almas. El mismo Tatic Mamal le dijo a Nicolás cuando entró aquí que esta mesa tiene espacio para cien mil personas. Sí, efectivamente, sobre esta mesa está servida la humeante y suculenta comida, y en abundancia.

Los brujos han empezado ya a dar sus agasajos. Muchos de ellos no han embrujado a nadie, y obviamente, están hambrientos. La comida se ve tan real y tan sabrosa que se le antojaría a cualquier persona comerla. Los trozos de carne quién sabe de qué serán. Serán de guacash o de chitam *(guacash es una vaca o un toro y Chitam es un cerdo)*. De eso si no sabemos, pero cualquiera que sea su derivado o su origen, se ve muy rica.

Estos tipos ya están tragando y todavía están entrando más brujos. Los que ya están comiendo, están devorando la comida desesperadamente. Este grupo de ladrones de comida hacen un mano a mano con los otros fantasmas que han venido de otras partes del mundo, y han venido aquí para el mismo fin. Algunos de estos fantasmas podrían ser los distinguidos visitantes, según conceptos de Tatic Mamal, porque no a todos les da el mismo trato. Los demás concurrentes aparentemente siguen atendiendo sus físicos dándole mucha diversión. Y respecto a Nicolás, cada segundo que transcurre en su existencia, es una experiencia y reto para él, tal como le dijo la serpiente Shánhuinic cuando la traía cargando, y eso es precisamente lo que le está pasando.

"Hace rato pasó junto a mí esa muchacha que está con Tatic Mamal y me dejó bien confuso, bien loco de emoción y huele bien bonito. ¡Y ahora estos brujos! No lo puedo creer. Pero sí lo estoy viendo, y veo bien, mis ojos todavía no fallan, estoy seguro que estoy despierto!", dijo Nicolás.

"¡Oh, no! ¡Claro que estoy despierto! ¿Entonces? Sí es cierto lo que dice la gente en el pueblo. Yo lo estoy viendo con mis propios ojos que sí es cierto. Cómo tragan esos infelices. Desde aquí estoy escuchando sus eructaderas. Parecen marranos tragando con las manos todas sucias. Y estas habladeras de la gente me desesperan. Quién sabe qué tanto están diciendo... ojalá pudiera yo entenderlos", dijo Nicolás un poco desanimado.

De repente, Nicolás ve una bruja convertida en persona y es una conocida de él. Y esta bruja se llama "Meloshko", y es bien conocida y detestada entre la sociedad indígena por ser una malvada. Dicen que ha despachado al panteón a muchas personas con su brujería y que todas las noches sale convertida en borrego para asustar a la gente que andan en altas horas de la noche. Pero también tiene habilidades para transformarse en asqueroso zopilote, porque así es como pudo entrar aquí. Se vino volando de Petalcingo transformada en ese animal.

"¡Heee! ¡No puede ser! Es la bruja Meloshko", dijo Nicolás bien exaltado. "Voy a platicar con ella, yo no tengo nada contra de ella. Ha hecho muchas maldades con otras personas, pero conmigo ni con mi familia se ha metido", terminó diciendo Nicolás.

Sí. Enseguida se dirige a ella hasta donde se encuentra con los otros brujos y los demás fantasmas que están comiendo. Acto seguido, Nicolás llega donde se encuentra la bruja Meloshko. Esta bruja de aproximadamente 50 años de edad, queda mirando a Nicolás como diciendo, *pues, qué onda*. Meloshko sabe que Nicolás está vivo y no es brujo y... ¿qué está haciendo aquí? Y también Nicolás hacc la misma pregunta.

"Nicoláaas! ¿Pero qué estás haciendo aquí?", preguntó Meloshko sorprendida.

"Eso es lo que yo te vengo a preguntar. Desde allá te miré que eras tú", –contestó Nicolás exaltado–. "Tú aquí con tus compañeros brujos. ¿A poco no has embrujado a nadie? Tengo entendido que casi todos los brujos que vienen a robarle comida a Tatic Mamal es porque no han embrujado a nadie y que sus tripas crujen de hambre y por eso lo hacen. ¿Tú también estás hambrienta? Aquí traigo mi posol que no he tomado, si quieres te lo doy", finalizó Nicolás diciéndole a Meloshko.

"Todos los días veo posol en mi casa, hoy quiero comer algo diferente. Pero dime una cosa con toda franqueza. ¿Estás muerto o estás vivo? ¿Tú que estás haciendo aquí? ¿O has venido a tragar también? Pero que yo sepa, tú no eres brujo", le preguntó Meloshko a Nicolás riéndose.

"¡Nooo, bruja Meloshko! No estoy muerto, ni soy brujo, ni he venido a tragar como tú", respondió Nicolás un poco molesto.

"Entonces, ¿qué estás haciendo aquí? Yo te miré hace tres días y resulta que ya estás entre los muertos. ¿Cómo pudiste entrar? No eres brujo, ni estás muerto", le preguntó Meloshko a Nicolás sorprendida.

"Eso pregúntale a Tatic Mamal, él te sabrá explicar mejor cómo entré aquí. Ándale ahorita mismo que no está muy ocupado", respondió Nicolás.

"¡No es para tanto! ¿Acaso crees que soy tan taruga para ir a meterme a la boca de lobo yo sola? Tatic Mamal sabe que estoy aquí", le respondió Meloshko a Nicolás.

Son las 3:45 de la mañana, tiempo mortal. Los brujos ya comieron como cerdos, las satisfacciones se ven en sus caras ya que sus barrigas están llenas y muchos de ellos todavía están erutando y vomitando. Es hora de transformar nuevamente sus cuerpos en pájaros malignos para que puedan volar y salir de aquí. Se comentaba frecuentemente que muchos de ellos ya no podían salir, y los que salían, a los pocos días se morían de tanta fiebre y diarrea que les daba. Los que ya no logran transformar sus cuerpos, obviamente no pueden volar, se quedan adentro y al instante están tiesos, inmóviles y son llevados y arrinconados por ahí donde no estorben. Efectivamente en esos momentos están saliendo del cerro después de la buena comida. Pero los fantasmas que viven aquí y los otros todavía están disfrutando esta fiesta que en unos minutos más va a terminar. Tatic Mamal le hace una seña a Nicolás para que venga inmediatamente.

"Te dije que no platicaras con nadie y mucho menos verlos a sus ojos directamente, ellos ya están muertos", le dijo Tatic Mamal a Nicolás bastante molesto.

"Esa bruja no está muerta, ella se llama Meloshko, y fui a platicar con ella porque me llamó la atención verla aquí de repente", respondió Nicolás bien asustado.

"El único mortal eres tú. Has corrido con suerte. Tú también ya estuvieras arrinconado por ahí. Todos los que hacen su presencia aquí, ya sean fantasmas de los muertos o espíritus de los brujos ellos no son más que despojos de humanidad", explicó Tatic Mamal con voz amenazante.

"Pero ya le dije que estuve hablando con una persona viva", respondió Nicolás.

Ya son las 3:59 de la mañana. Nicolás aunque se haya divertido mucho no puede ocultar sus nervios, ya que el miedo otra vez empieza a apoderarse de él nuevamente, y en estos instantes se paraliza todo. Ya no hay música, ya no hay esqueletos tocando, todos los fantasmas se desaparecieron. Algunos que se quedan, están inmóviles igual que los brujos que ya no pudieron salir. Son las cuatro de la mañana. Todo está en silencio como si no hubiera habido nada.

Tanta alegría que se reflejaba en la cara de Nicolás cuando comenzó la convivencia, y ahora con sus pelos de puntas parados por el miedo, por la repentina desaparición de lo que estaba ocurriendo. La fiesta estaba bien divertida, pero él no sabía que exactamente a las cuatro de la mañana automáticamente se para la convivencia y ahorita apenas se ve iluminado y otros espectros hacen su presencia. Nicolás hace esfuerzos para controlarse y esperar a Tatic Mamal qué le va a decir ahora. Muchos de los fantasmas que se acaban de desaparecer se fueron solos y al instante, pero otros se marcharon como un pelotón de 1700 soldados a través de un amplio pasadizo apenas iluminado con una luz tenue.

"¡JJhhm!" suspiros de Nicolás.

"La convivencia de esta noche ha llegado a su fin", exclamó Tatic Mamal a Nicolás.

"Entonces todo es cierto lo que platican en Petalcingo", dijo Nicolás.

"Y apenas es el comienzo Nicolás, no has visto todavía los efectos que producen las raíces de oro de Tatic Mamal cuando se mueven. En unos instantes más vas a ver el sustito que van a llevar los de tu pueblo y el sustote que van a llevar los japoneses", le dijo Tatic Mamal.

"No entiendo nada, señor Tatic Mamal", contestó Nicolás rascando su cabeza.

"No te preocupes. Lo importante es que ya estás dentro de mi reino y ya empezaste a ver con tus propios ojos y a escuchar con tus propios oídos todo lo que aquí ocurre", explicaba Tatic Mamal.

"¿Por qué esa bonita shínula no se desapareció como los otros espíritus? "Tthúhj bil shanísh", le preguntó Nicolás a Tatic Mamal. (*Tthúhj bil shanísh* quiere decir *muy bonita*).

"Yo te dije que por ningún motivo no puedes dialogar con los que viste hace algunos segundos, excepto nosotros aunque sí tengas que tomar algunas precauciones. Pero tú puedes dialogar con nosotros y vernos a los ojos. Y en cambio con los que estaban aquí hace rato no. Y esta muchacha es mi hija. Tú no la conoces porque tu incredulidad no te ha permitido. Pero ella ha estado siempre con todos, excepto tú", le dijo Tatic Mamal a Nicolás.

"Hijita, éste es Nicolás, el que te dije que iba a venir un día a la casa", le dijo Tatic Mamal a su hija.

"Hola, Nicolás. Mi padre me ha platicado de ti", le dijo Shínula a Nicolás.

"¡Bueno! En realidad no vine. Llegué hasta aquí porque traje a Shánhuinic cargando porque estaba muy mal herido. Cuando lo cargué era una enorme serpiente, pero cuando llegamos a la puerta de este cerro ya se había convertido en un cristiano como yo, sólo que él es un cashlán", respondió Nicolás.

"¡Padre! Ya me voy a descansar", se despidió Shínula del anciano dándole un beso en la frente.

"¡Ven conmigo, Nicolás. Te voy a mostrar la otra fase de mis actividades", le ordenó Tatic Mamal.

Tatic Mamal y sus Raíces de Oro #2

Capítulo 5

Nicolás ha quedado otra vez completamente solo con el anciano Tatic Mamal. Ahora qué será lo que le espera. ¡Quién sabe! Porque Tatic Mamal no lo ha llamado solamente para platicar con él; lo ha llamado para demostrarle todo lo que es capaz con sus poderes. Así que pobre de él. Quién sabe qué va a experimentar en su triste existencia en unos segundos más.

Mientras tanto, ellos caminan hacia donde está el asiento flotante de Tatic Mamal con pasos sumamente cautelosos.

Pero antes de que se retiren del enorme y lujoso salón donde hace tan sólo un rato se estaba llevando a cabo una gran fiesta. Tatic Mamal oprime un par de veces los teclados del viejo piano produciendo extraños sonidos que lo exalta tanto a Nicolás de miedo que casi se cae desmayado.

Tatic Mamal ha llegado donde le espera su silla flotante de estructura de oro y diamantes tal como ya lo hemos platicado, ni más ni menos, como donde se sienta un rey. Este es el reino del anciano Tatic Mamal, donde toma sus decisiones y sus caprichos cuando a él se le antoja provocar un temblor de tierra o un terremoto en alguna parte del orbe; aquí se origina todo, aquí es el epicentro.

Tenían razón los antiguos tzeltales de Petalcingo de imaginar o creer que Tatic Mamal era el que lo provocaba todo. Y sí, así es. Ellos nunca se equivocaron. Aquí están plasmados todos sus pensamientos a través de todas estas estructuras que hay dentro del cerro. El Tatic Mamal ni más ni menos como un rey sentado en su trono, y Nicolás, que ha venido para atestiguar todo lo que aquí ocurre. Él está parado pellizcando su sombrero muy junto al asiento donde está el anciano. Nada más mira y mira a Tatic Mamal detalladamente todos los movimientos que él hace.

Las cuatro barras grandes de oro que se asoman del suelo y localizadas por debajo del asiento del anciano, han empezado a brillar intermitentemente... Han empezado a emitir radiantes luces azuladas. Nicolás, con mucho trabajo puede controlarse por esas penetrantes luces que brillan intensamente en su cara. Sacude su cabeza y talla y talla sus ojos que lo han dejado ver todo borroso, todo atarantado y aturdido por algunos agudos ruidos y zumbidos que producen estas barras de oro que están radiando chispas.

Tatic Mamal ha empezado a darle explicaciones a Nicolás acerca de los efectos que producen sus raíces en movimiento, y él escucha detenidamente pellizcando en todo
momento su sombrero, sus manos le sudan y le tiemblan de
miedo pero sigue a las instrucciones del anciano.

"No te asustes, Nicolás, sé buen retador. Tú no le tienes
miedo a las botellas de posh, tampoco Tatic Mamal te per-
judica si empleas tu inteligencia y honestidad. ¿Te acuerdas
qué te dijo mi hijo antes de ir a la sala de recuperación? Esas
mismas recomendaciones te doy yo", le dijo Tatic Mamal a
Nicolás.

"Es que siento que algo mal me va a pasar!", contestó
Nicolás.

"¿Por qué llenas primero con cargas negativas tu entorpecido cerebro, Nicolás? ¿Por qué no primero lo positivo
para fortalecerlo y así coordinarlo? Eso es lo que no te permite salir adelante. Pues ahora con miedo o sin él, tienes que
aguantar todo lo que te espera", le dijo Tatic Mamal enérgi-
camente.

"Tiene usted razón, señor Tatic. Soy muy tonto", respondió Nicolás.

"¡Mira bien lo que voy hacer! Voy a mover mi raíz izquierda con este pie, pero quedito. Este es una muestra nada
más, solamente es un pequeño movimiento de tierra que va
a producir. ¡Mira! Estoy moviendo mi pie en una sola direc-
ción y bien despacito", le explica Tatic Mamal.

"En este preciso momento ha empezado a temblar en Petalcingo con menor magnitud, casi desapercibido para muchos. Solamente los ancianitos que tú conoces siempre están al pendiente de todo. Ellos hasta sienten el palpitar del corazón ajeno. Pero no te alarmes tanto, no pongas esa cara de asustado, no va a pasar absolutamente nada. Ya dije que sólo es un temblorcito en Petalcingo", dijo Tatic Mamal.

"¿De veras? Es que se siente bien feo y me mareo mucho cuando está temblando", respondió Nicolás más asustado.

Tatic Mamal seguía moviendo una de sus raíces lentamente de modo que no produjera inesperadas consecuencias como esas que suceden en otras partes cuando acelera a un nivel alto su procedimiento. Esta vez sólo ha sido una pequeña demostración como él mismo le dijo a Nicolás. Sólo para que él se vaya familiarizando a los temblores, porque lo peor para él está por venir. Catastróficos acontecimientos lo esperan a Nicolás en otras partes de la tierra cuando Tatic Mamal empiece a mover sus cuatro raíces intercomunicados con todos los continentes en este planeta tierra. Ya hemos hablado en el otro libro de los caprichos y experimentos de Tatic Mamal a través de sus raíces.

* * *

Comentarios de Ancianos

Capítulo 6

Son las 6:55 de la mañana en Petalcingo. Ya a esta hora de la mañana y bien despejado el cielo con algo de frío que ha dejado el sereno de la noche anterior, todos los habitantes y circunvecinos de esta comunidad están despiertos. Muchos ya andan en sus milpas trabajando, otros van en camino y otros van saliendo de sus casas apenas cuando de repente empieza a sacudirse la tierra, pero un temblor leve como dijo Tatic Mamal. No ha sido temblor de gran escala, por lo tanto, la gente no le dio mucha importancia, ellos seguían con sus rutinas acostumbradas. Pero los ancianitos que mencionó Tatic Mamal al referirse de la sensibilidad de algunas personas, como un grupo de campesinos de muy avanzada edad, se han aglomerado frente a la iglesia lugar, donde se reúnen siempre para hablar de sus relatos, y algunos de ellos con sus botellitas de posh para darle más emoción y suspensos a los narrativos. Así pues, en esta ocasión, alarmantemente empiezan hacer sus acostumbrados comentarios respecto a este temblor que ha sacudido ligeramente al pueblo en este amanecer tan hermoso.

Obviamente el presunto responsable de este movimiento telúrico es Tatic Mamal. En nuestra creencia no existía otra fuente de origen sísmico, excepto mi madre, que en paz descanse. De tal manera que las conjeturas son escuchadas y respetadas por la gente en general entre la comunidad indígena, y más si son cuestionadas y discutidas por personas de edad madura. Aquí tenemos a siete ancianitos en discusión y cada uno pone su sabiduría para analizarlo entre todos, pero nadie se queda sin dar su punto de vista, y lo bueno de todo, es que toda opinión es aprobada.

"No anda mal humorado el señor Tatic Mamal esta mañanita, compañeros", dijo el primer ancianito.

"La prueba está que sólo se ha movido un poquito", dijo otro de los ancianitos.

"Sí, porque cuando anda de muy mal humor, olvídense de su posh compañeros, ya estuviéramos corriendo para protegernos de algún accidente que ocasiona un temblor fuerte", contestó un tercer anciano del grupo.

"¿Sienten ese movimiento? No está moviendo sus cuatro raíces. Para mí que está moviendo sólo una y con sólo un pie bien despacito", opinó otro de los ancianos.

"Para mí que sólo está bromeando con nosotros, no como otros días que hasta nos mareamos como si hubiéramos tomado muchos tragos de aguardiente", respondió otro de los ancianito.

"¡Sí, si es cierto! Está temblando, pero apenas se siente. Tiene razón el otro compañero. Tatic Mamal a de estar sólo jugueteando con una de sus raíces, ojalá siempre fuera así", comentó otro.

"Qué bueno que no se haya movido mucho nuestro Tatic Mamal. Dicen que una vez tembló muy fuerte aquí en el pueblo, decían que Tatic Mamal estaba muy enojado, y mi abuelo me platicaba también que se asustaron mucho", comentó otro ancianito.

"Pero han dicho que un día Tatic Mamal va a mover hasta tres de sus raíces y que las va a mover bien duro y que va a temblar bien fuerte aquí en Petalcingo. Así platicaba mi papá. ¡Quien sabe!", comentó otro anciano.

"¿Quién puede dudarlo? Tatic Mamal es capaz de todo. En las buenas es muy bueno, pero cuando está muy enojado dicen que castiga sin piedad alguna; así han venido diciendo nuestros abuelos y así sigue hoy en día, y la prueba está que aunque sea quedito, pero está temblando. Ese Tatic Mamal cómo le gusta hacer sus travesuras", dijeron todos.

Así pues, estos distinguidos ancianitos que fluctúan sus edades de entre 90 a 110 años, son muy respetados por la gente en general tal como dijimos al principio, ya que son personas con mucha experiencia y que nunca fallan en sus pronósticos. Para ellos, Tatic Mamal es tan latente, es un personaje viviente y tan penetrado en sus pensamientos. Dicen que esta iglesia del señor San Francisco de Asís, que fue construida por los antiguos españoles en tiempos coloniales, un día sólo sus escombros van a quedar.

Otros ancianitos han dicho que un día Tatic Mamal va a mover hasta tres de sus raíces para ocasionar un temblor de gran magnitud en este pueblo.

Pero mientras sueltan sus lenguas para expresar sus sabidurías empíricas, en cada palabra que sale de su boca es acompañada con una copa de posh para que tenga buen sentido el mensaje.

El día de hoy está transparente el cielo, no hay ni una sola mancha de nube que opaque la visibilidad. Por lo tanto, estos comentaristas y con tan buena visión a estas edades, señalan apuntando con sus dedos insistentemente hacia donde está localizado el cerro de Ahkabal-ná, que se ve tan cerquita desde donde están ellos. Ya llevan dos horas discutiendo estos acerca de lo ocurrido y algunos de ellos ya están cansados. Uno por uno se marcha cada quien por su lado.

* * *

Tatic Mamal y sus Raíces de Oro #3

Capítulo 7

Nicolás sigue bien atento y sin parpadear las extrañas actividades de Tatic Mamal para no dejar que se le escape un solo detalle. Tatic Mamal ya le hizo ver a Nicolás cuáles son las funciones de sus potentes raíces de oro que tanto se habla y se seguirá hablando.

En esas primeras demostraciones acerca de los efectos que producen, hizo que vibrara levemente para darle movimiento el suelo de Petalcingo ante los ojos desorbitados de Nicolás. Tal como ya lo hemos platicado en otras ocasiones, él está conectado con todo el planeta tierra. Estos fenómenos no solamente en áreas locales pueden manifestarse sus efectos, sino que pueden sentirse las reacciones de estas potentes raíces en movimiento hasta en el otro extremo de la tierra produciendo hasta desastrosos terremotos y maremotos en ocasiones.

Así pues, la siguiente demostración de poder de Tatic Mamal va a producir un fuerte movimiento telúrico dirigido hacia en el lejano oriente: Japón, tierra que sufre de fuertes sacudidas frecuentemente. Nadie sabe porqué Tatic Mamal ha sido tan cruel con ellos, pero en fin, sólo él sabe porqué ha escogido ese país para realizar sus experimentos constantemente.

"Pobrecito de mí. ¿Qué será de mi vida?", dice Nicolás dentro de su pensamiento al verse encerrado dentro de un mundo tan extraño donde sin querer fue a dar, y lo peor de todo, aguantar al anciano de sus locuras.

En ese instante ha empezado Tatic Mamal a advertirle a Nicolás que en breve estará temblando allá en aquella parte del planeta.

"Mira, Nicolás, mira bien lo que voy hacer. Ahora con mis dos pies voy a mover estas dos valiosas piezas metálicas delanteras, aunque las muevo quedito, pero como son dos, se suma la intensidad vibratoria de la tierra, es ligeramente más fuerte que hace una semana en tu pueblo. La razón se debe a que dos fuerzas juntas es el doble", le explicó Tatic Mamal a Nicolás muy excitado.

"Y ahorita, ¿dónde supuestamente está temblando, señor Tatic Mamal, y por qué echan chispas azules sus raíces?", preguntó Nicolás tartamudeando de miedo.

"¡Tú lo acabas de decir! ¡Chispas azules! Has hecho muy buena pregunta y te lo voy a explicar. Tal como lo presenciaste en otra ocasión, mis raíces generan cantidades de energías convertidas en luces de diferentes matices y así sucesivamente ocurren. Son las ondas electromagnéticas de mi cerebro que pasan a través de mis raíces para descargarse sobre la masa negativa que es la tierra. Estas piezas metálicas estructuradas cien por ciento de puro oro macizo, son tan sensibles que se saturan rápidamente creando ondas electrostáticas y emiten luces multicolores como tú lo acabas de decir", le explicó Tatic Mamal a Nicolás.

"Increíble, señor Tatic, lo que usted sabe hacer. Y lo que está pasando allá donde dice que está temblando, ¿cómo estarán la pobre gente? Ya me imagino", preguntó Nicolás.

"Con todo gusto responderé a tu pregunta, pero no te alarmes tanto sin antes de verificar tus sospechas. La humanidad siempre está expuesta de todos los peligros", contestó Tatic Mamal.

"Como que está calentando demasiado sus raíces, señor, que hasta estoy sudando y dice usted que está moviendo quedito sus pies", dijo Nicolás ya muy alarmado.

"¡Ya deja de hacer tantas preguntas miedosas, Nicolás! Es mejor que te relajes. Piensa que estás en tu casa con tu familia, ¿o piensa que estás en la cantina con tus amigos, porque es allí donde te sientes más a gusto, me supongo? Entonces cierra tus ojos, concéntrate profundamente, libera tu cuerpo, vacía tu cerebro de vibraciones negativas y vamos a viajar antes que se debilite la intensidad de mis fuerzas", le ordenó Tatic Mamal a Nicolás con voz autoritario.

"Pero, ¿cómo vamos a viajar con los ojos cerrados, señor Tatic Mamal? No se haga el chistoso, sólo me está bromeando, ¿verdad, verdad que sí?", respondió Nicolás.

"No, únicamente con los ojos abiertos se puede ver, Nicolás. ¿Nunca te has imaginado en algo en determinado momento? ¿Nunca has visto a tus hijos mentalmente cuando andas ausente de ellos?", preguntó el anciano a Nicolás.

Queriendo y no queriendo, Nicolás, que nunca en su vida había estado en estas raras situaciones, ahora los dos han entrado en profunda concentración mental para producir los efectos cerebrales y poder realizar un viaje astral hasta el lugar ya mencionado. Sólo en cuestión de segundos, los esperados efectos han surtido asombrosos resultados. El maestro Tatic Mamal ordena a Nicolás que ya abra sus ojos, y exactamente donde el anciano había dicho que estarían, allí se encuentran ahora, en una de las ciudades más antiguas de la tierra donde constantemente está temblando: la ciudad de Osaka, Japón.

Cuando Nicolás abre sus ojos, recibe una fuerte sacudida de aire bien frío y el movimiento de la tierra lo tambalea un poco. Se quiere echar a correr sin saber hacia dónde, pero aquí en estos extraños lugares y con esta extraña gente que lo rodea, no tiene escapatoria. Él nunca en su vida había salido lejos de su pueblo y mucho menos escuchar los extraños lenguajes de los japonesitos. Ahora sólo le queda soportar todo con valor y paciencia hasta el final.

"Abre ya tus ojos, Nicolás", ordenó Tatic Mamal.

"¡Híjole!... ¡Aaaay, qué frío está haciendo aquí! Y ahora, ¿qué hago? Mis dedos se entumen y sigue temblando bien fuerte, siento que me caigo. ¿Dónde estamos?", preguntó Nicolás temblando de frío.

"Estamos en una de las ciudades más grandes que hay en este país llamado Japón", le respondió Tatic Mamal a Nicolás.

* * *

Nicolás en Osaka, Japón

Capítulo 8

Acabamos de ver a Nicolás que cuando abrió sus ojos, sintió que su cuerpo se congelaba por ese frío tan intenso que empezó a sentir, y de repente se vio como enloquecido y se echó a correr unos metros de donde estaba parado Tatic Mamal, al percatarse que venían hacia él un considerable grupo de tigres furiosos. Estos animales aparentemente venían corriendo hacia él.

Lo primero que pensó es que venían a comérselo, porque esta es la idea que lleva en su cabeza: *tigres tragando gente en su pueblo*. Pero en realidad esos pobres tigres y dos

elefantes corrían asustados para escaparse porque el pequeño espacio donde estaban se había dañado por el temblor.
Tatic Mamal al verlo así, le bloquea los nervios alterados
y lo paraliza con su potente varonil voz antes que en verdad sea devorado por estos felinos. Estos pobres animales
salvajes de carne y hueso están huyendo para no ser aplastados por algún techo de algunas casas que están cayendo,
aunque también podrían tener hambre. A ellos que les cuesta
darle una mordida en las carnosas piernas de Nicolás, Tatic
Mamal le pregunta cuáles son sus intenciones y porque esas
reacciones.

"¿Adónde crees que vas, Nicolás? ¿Por qué corres asustado?", le preguntó Tatic Mamal.

"Me quieren comer esos tigres hambrientos y me van a
aplastar esos elefantes", contestó Nicolás.

"Esos animales andan asustados como tú y andan buscando dónde refugiarse, pero ellos en verdad sí están pasando en momentos críticos", le explicó el anciano a Nicolás.

"¡Aquí es de día! ¿Y por qué la gente andan corriendo
también bien asustados? En sus caras se ven que tienen mucho miedo como yo", preguntó Nicolás.

"Ellos andan buscando dónde refugiarse también como
los tigres, aquí sigue temblando. Yo te dije que movería dos
de mis cuatro raíces, aunque lo haya hecho despacito, mis
pies se aceleran intensamente, y por lo tanto mis raíces vibran intensamente a tal grado que hasta puede producir un
temblor de tierra de intensidad 7.7 de la escala Richter", le
respondió Tatic Mamal.

"¿Por qué escogió este lugar tan lejano para hacerlo temblar, y por qué no hizo temblar Simojovél o la tierra de los coletos, señor Tatic Mamal?", preguntó Nicolás ignorantemente.

"Es que los japonesitos se ven bien curiosos y me gusta bromearlos, jugueteo con ellos, me divierto con ellos, pero no lo hago en serio. ¡Aaaah!, déjame decirte que ellos también tienen sus propios dioses, ellos nunca creerán que existe un Tatic Mamal, ellos también podrían resultar tan incrédulos como tú. Pero me da lo mismo si creen en mí o no, algún día ellos también van a leer un libro que habla de mí y de ustedes. Ese libro anda rodando por ahí y un día menos pensado va a llegar a Japón y a todas partes", le dijo Tatic Mamal a Nicolás.

"Pero yo ya le he creído desde que llegué a su casa y por tantas cosas que usted sabe hacer", dijo Nicolás.

"Pero hasta ahorita! ¿Te acuerdas qué decías de mí antes que me conocieras, o ya no te acuerdas?", respondió Tatic Mamal sarcástico.

"Sí, señor, me acuerdo de todo, pero eso fue antes, ahora las cosas ya son diferentes. Hasta me ha traído aquí. Quién sabe exactamente dónde estoy, sólo usted sabe, así me puede repetir el nombre del lugar a cada rato, nunca voy a saber", dijo Nicolás.

"Tal vez no, pero ya tranquilízate", le explicó Tatic Mamal a Nicolás.

"¡Mire cómo corren! ¡Pobrecitos! Están muy asustados y cómo lloran las mujeres y los niños", decía Nicolás muy conmovido.

"Sí, andan asustados como los tigres, nosotros no sentimos casi nada, pero ellos sí. El grado del movimiento que
hice con mis pies se ha ido en secuencia. Este movimiento
está graduado a ciertas frecuencias y magnitud dependiendo
al sismo que yo quería provocar. Los sismólogos ya andan
muy apurados haciendo sus investigaciones, pero ellos únicamente se basan de un específico lugar llamado epicentro.
Pero más allá de eso, nunca podrán descubrir quién ha provocado este fenómeno. Todavía no existe quién descubra los
experimentos de Tatic Mamal", le comenta el anciano a Nicolás.

"¿Entonces estamos en Japón? ¿Y qué es eso? Ahora qué
hacemos, señor. ¿Podemos pasear en otras calles para cono-
cer bien aquí? ¿Y por qué la gente de aquí no es como la de
dónde venimos? Ellos hablan bien chistosos, son otros cashlanes muy diferentes que yo conozco en mi pueblo y ellos
tienen los ojos diferentes que nosotros", preguntó Nicolás
exaltado.

"Así son los orientales, Nicolás, y en estas tierras frecuentemente está temblando. El suelo de aquí le facilita mucho a mis raíces. Basta con un pequeño movimiento de mi
pie, automáticamente se mueve. Vamos a recorrer otros ba-
rrios aprovechando que ellos están un poco confundidos", le
dijo el anciano a Nicolás.

"¡Oiga! Algo me pasa. Me siento muy raro, señor Tatic
Mamal, como que mi cuerpo no existe, siento que estoy flotando como las nubes, o simplemente como el viento que
sopla fuerte y no se puede ver ni tocar. Mire cómo atraviesan

mi cuerpo sin chocarse, ¿por qué? Yo lo siento a ellos y los escucho, pero ellos a mí, no", dijo Nicolás al anciano muy asombrado.

"No te preocupes por todos estos detalles, Nicolás. Apenas son algunas de las cosas que vas a ver a lo largo de tu camino", respondió el anciano.

"Mire esa gente que viene corriendo bien asustada, están pasando ya algunos en nuestros cuerpos. Mire esa muchacha que trae cargando a su niño ya se paró dentro de mi cuerpo para acomodarlo que se le iba a caer al tropezar y ni cuenta se ha dado de mí, pero yo a ella sí la estoy viendo, estoy escuchando a su hijo que está llorando y ella pujó al agacharse", dijo Nicolás.

"Sí, allí viene la multitud de japoneses que van a pasar a través de nosotros para que sigas hablando de tu rareza", dijo Tatic Mamal.

"Sí, ¿se dio cuenta de eso? No, no soy ningún mentiroso", respondió Nicolás.

"¡Yo sé que no lo eres! Tu honestidad te ha acreditado, de otro modo yo te hubiera puesto con los tigres y leones cuando te iba a mandar al calabozo si te hubiera encontrado culpable del atentado contra mi hijo", le explicó Tatic Mamal a Nicolás.

Mientras ellos caminaban hacia otras partes para explorar estos exóticos lugares y ver más gentes en apuros, llegaron a un establecimiento deportivo donde no surtió efectos sus raíces de este señor. Aquí están luchando como si no hubiera desgracias en otras áreas de la ciudad. Pero en fin, ya les tocará a ellos algún día. Mientras tanto, Tatic Mamal y Nicolás se divierten momentáneamente viendo a los luchadores en acción y hasta aplauden. Nicolás, como que de momentos se le olvida que no existe su cuerpo y hasta se ríe a carcajadas de los trancazos que se están dando estos gorditos.

"¿Se dio cuenta de eso? Quieren matarse entre ellos y están desnudos. ¿Será que no se quieren porque están gordos?", preguntó Nicolás.

"Sí, ya me di cuenta de eso", contestó el anciano.

"!Ahhhh!", exclamó Nicolás.

"Aquí es un templo donde le hacen culto a sus dioses, pero salgamos a fuera para presenciar a los deportistas practicando el más antiguo deporte de este país", dijo Tatic Mamal.

"¿Y ése deporte como se llama, señor Tatic y por qué están jugando puros gorditos?", preguntó Nicolás.

"Este deporte es conocido como el *sumo,* pero ten cuidado, no te acerques tanto a ellos", le explicó el anciano.

"Ellos no me sienten, mire estoy en medio de ellos", explicó Nicolás.

"¡Cuidado! Todos están en trance hipnótico, cuando se someten mucho a la hipnosis producen fenómenos extravagantes e incontrolables para que no sientan ningún dolor", dijo el anciano.

Y en ese momento Nicolás fue alcanzado por un luchador que fue derribado por su contrincante y fue arrastrado hacia una esquina, aparentemente golpeando su cabeza. Como un borrachito cayó Nicolás inconsciente por el peso del tremendo luchador en cuestión. Tatic Mamal lo ha sacado a Nicolás en arrastras jalando de un pie hacia un lugar seguro y retirado de la arena. Después de unos segundos mortales se ha recuperado del golpe recibido y con un chipote en la cabeza. No sabemos si también su cuerpo haya recibido este golpe y que le esté doliendo la cabeza. El espíritu de Nicolás anda muy lejos de donde dejó su cuerpo. Después de unos segundos empieza a reaccionar y le pregunta al anciano qué le había pasado.

"¿Qué me pasó? Me duele mucho la cabeza", dijo Nicolás.

"Yo te dije que no te acercaras mucho a ellos, son expertos en la meditación. Cada vez que ellos van a actuar se concentran demasiado y fácilmente liberan sus físicos también. El que cayó sobre de ti estaba pasado de dosis y no pudo controlarse y era uno de los más aplaudidos por sus triunfos. ¿Me has entendido?", dijo Tatic Mamal a Nicolás.

"¿Entender qué?", contestó Nicolás.

"Lo que te acabo de explicar, baboso", dijo Tatic Mamal.

"Qué voy a entender. No entiendo nada. Mi cabeza está que explota por el golpe y de tantas cosas tan extrañas que me están pasando. ¿Y ahora qué hacemos?", preguntó Nicolás.

"Ya es mucho perico, ¿no crees? Ya te dejé hablar y lo

hice para que reaccionaras trayéndote hasta en estas tierras lejanas. Veo que estás bastante asombrado por todo lo que estás experimentando. Nunca en tu vida has pasado en estas situaciones tan extrañas como tú dices, pero no hay nada extraño sino te inclinas únicamente sobre las cosas materiales. El cuerpo debe alimentarse del espíritu, siempre y siempre y con mucha fe. ¿Quedó claro?", le explicó Tatic Mamal a Nicolás.

"Sólo que nadie me lo va a creer si un día platicara todo esto en mi comunidad, y más que sólo soy famoso por borracho", dijo Nicolás.

"¡No te preocupes por eso! Si eres un buen gobernante en tu comunidad, no todos van a estar de acuerdo con tus normas. Cada individuo es un mundo diferente", dijo Tatic Mamal.

"¿Qué quiere decir 'gobernante'?", preguntó Nicolás.

"En tu dialecto significa algo así como *cajualél*", le respondió Tatic Mamal.

"¡Aaahh!", exclamó Nicolás.

"¡Bueno! ¿Ya te diste cuenta con tus propios ojos lo que provocó el pequeño movimiento de mis raíces? Esas cuatro radiantes piezas metálicas que se asoman debajo de mi trono, así sucesivamente ocurren cada vez que le doy movimiento y de acuerdo a mis caprichos. Tus anteriores consanguíneos me dieron tanto poder con su fe que ahora soy tan palpable. !Ja, ja, ja, ja!", se rió Tatic Mamal.

"Es usted una eminencia, señor Tatic Mamal. Y ahora, ¿qué hacemos o para dónde nos vamos? Ya hemos recorrido muchos lugares y la gente ya no se ve tan desconcertada", preguntó Nicolás.

"Hace una semana que llegamos, ya pasó todo, y sí, efectivamente ya recorrimos varias partes de la ciudad y la situación de la gente poco a poco se está normalizando, por lo tanto ya no hay nada qué hacer aquí. Y en breves segundos nos dirigimos nuevamente hacia mi reino", explicó Tatic Mamal.

"¿Y ahora cómo nos vamos? Usted dice que estamos tan lejos de nuestro territorio. No entiendo cuáles son sus nuevos planes", preguntó Nicolás a Tatic Mamal.

"Usando el mismo método; de la misma manera como venimos, así nos regresamos. Solamente cierra tus ojos. Tu materia de por sí ya está liberada desde que iniciamos este viaje astral. ¡Vámonos!" dijo Tatic Mamal.

Sólo en cuestión de microsegundos ha regresado el espíritu de Nicolás, y se posesiona nuevamente de su cuerpo rígido y frío... cuerpo que había dejado supuestamente hace una semana a un lado del trono del anciano. Tatic Mamal no se cuenta, él es un fantasma de por sí. Así de esta manera Nicolás concluye su primer viaje astral a tan lejanas tierras. Mientras, en Petalcingo hay días en que su familia se resiste a resignarse por completo de la desaparición de este hombre. Pero muchos de los que eran sus amigos borrachos ya ni se acuerdan de él. Sólo su esposa con su hijo Luquitas, las demás familiares y otras gentes todavía recorren todos los caminos donde él acostumbraba caminar.

Buscando a Nicolás

Capítulo 9

La señora Tomaza lloriqueando se dirige al camino que condujo a su esposo hacia su destino final y eso fue precisamente hace un mes. Él salió de su casa después de haber asistido a la misa dominical y su objetivo era dirigirse a su milpa como siempre, pero ya no regresó y nadie sabe exactamente qué le pasó, tampoco estaba tan borracho ese día.

Su Luquitas de siete años llora amargamente junto a su mamá y un hermanito menor. Mientras que otras personas andan en otras áreas buscando con la esperanza de encontrarlo vivo o muerto para darle su santo entierro o si está vivo qué mejor. Así pues, familiares y un grupo de personas más, quienes se han ofrecido voluntariamente para localizar a Nicolás, excepto sus ex-compañeros de la borrachera, pues en una pequeña comunidad como Petalcingo todos se conocen.

Estos señores se dividen en tres grupos para dirigirse a diferentes partes. Unos van por ese camino que tomó Nicolás ese día cuando se dirigió a su trabajo por última vez, y este camino va por toda la orilla del río; otros van por el camino que conduce a Tila, otros por el camino a Yajalón y los otros a Tzajalum. Aunque relativamente ya es demasiado tiempo para encontrarlo, todavía lo andan buscando con las mismas ganas de hace ya un mes.

Luquitas lloriqueando le pregunta a su mamá cuándo va a regresar su papá. Por más que quiere ser fuerte la señora Tomaza, termina también lagrimeando igual que su hijo, y entre los dos andan moviendo algunos arbustos que hay en la orilla del pueblo haber si encuentran algún indicio del desaparecido. Esta búsqueda ha sido en vano, por más que le mueven aquí y le mueven allá no encuentran nada.

"¿Cuando va a venir mi papá, mama?" preguntó Luquitas.
"Ya muy pronto Luquitas, ya muy pronto, pero ya no llores", contestó la mamá.

"¡Juu, ju, ju, snif, sníhf, ya quiero ver a mi papá!", decía Luquitas lloriqueando.

"Aunque sólo era bueno para nada por ser borracho, pero es tu padre, y yo también lo extraño mucho", explicó Tomaza.

"A veces veníamos aquí en esta parte más honda del río. Él se aventaba hasta en el centro a bañarse y yo me quedaba en la orilla esperando", dijo Luquitas.

"¿Por qué nunca me lo has dicho, hijo? Es muy peligroso entrar aquí uno solo. A mí me da miedo acercarme a la orilla. Ni te acerques mucho, esta es la cascada el Shayantz. Dicen que aquí se ahogó una mujer que vino sola a buscar ámbar hace mucho tiempo", le dijo Tomaza.

"Sí, mamá. Aquí me quedaba en esta orilla, él se metía hasta dentro de las aguas", respondió Luquitas.

"Ya no vuelvas a venir aquí, hijo. Menos ahora que ya no está tu papá", le dijo Tomaza a su hijo.

Sí, estamos precisamente en las inmediaciones de la famosa cascada de nombre "El Shayantz". Hasta aquí ha venido Luquitas con su mamá con la esperanza de encontrar a su papá. Pero enmedio de esta montaña de grandes árboles donde corre este río de Jolpabuchíl, es difícil que alguien permanezca tanto tiempo por el frío que azota allí. Pero en fin, nada se pierde con volver a peinar la zona donde ya fue removida tantas veces y van a seguir moviendo.

Y los otros que acompañan a Tomaza andan explorando entre las enormes rocas y entre los árboles de arriba y abajo. Mueven los montes en repetidas veces que ni así lo dejan en paz a Nicolás. Los otros que andan por otras partes, hasta en los montones de huesos y excrementos de animales andan removiendo por si acaso fue devorado por los tigres, por los leones o por los coyotes, lo que quieren es encontrar los restos de este hombre ya para cerrar el asunto.

En este lugar donde anda Luquitas con su mamá, de repente apareció la bruja Meloshko que se dirige hacia su campo de trabajo. Ella es también campesina cien por ciento; y a estas horas la luz del sol está que arde, por lo tanto, la bruja Meloshko ha descubierto su cuerpo de la cintura hacia arriba y así anda en el camino muy a gusto, porque así están acostumbradas las señoras de edad. Ella saluda a Tomaza dándole su pésame y consuelo a la vez.

"Resignación por tu esposo, Tomaza, resignación por tu papá, Luquitas. Lo siento mucho y sé qué se siente perder un ser querido; sí es que en verdad ya pasó a la otra vida, ya olvídenlo entonces. Pero si a caso viviera, que esté por ahí por metiche o por bruto que se haya quedado en alguna parte, tarde o temprano va a aparecer. Un día menos pensado va a salir de donde está si es que no lo castiga el Tatic Mamal", dijo Meloshko en tono de burla.

"Hay, vieja bruja! Fíjate como hablas, ¿por qué vienes a decirme eso? ¿Acaso sabes algo acerca de mi marido? Si sabes, suelta tu lengua de una vez o te doy un garrotazo en la cabeza", respondió Tomaza irritada.

"¡Eeeehhh, que te diré! Pero no te enojes, Tomaza", respondió Meloshko.

"¿Escuchaste lo que te dijo mi mamá, vieja bruja? ¿Por qué no te largas ya a tu trabajo? Ya déjanos en paz", respondió Luquitas llorando.

"Nada más les digo que ya no se torturen tanto por él. Pero, ¿por qué están molestos conmigo", dijo Meloshko.

Desde luego que la bruja Meloshko por algo le dijo así a Tomaza. Ella sabe y lo ha visto a Nicolás. Un día que la bruja entró a comer a la casa de Tatic Mamal allí lo miró.

Así es que la búsqueda de Nicolás se seguirá hasta el final, y la breve información que dio Meloshko acerca de él, ha quedado entre confusión, dudas y esperanzas en Tomaza. Ella misma se pregunta qué quiso decir la bruja con eso "Pero si acaso viviera". Todos los días Tomaza le prende una veladora a su marido y le rezan entre Luquitas y ella. Y cuando puede va Luquitas a la misa para consolarse. Después de la misa se queda a platicar con el sacerdote para desahogarse un poco, y así ha estado desde que desapareció su papá.

"En cada misa oramos todos por el eterno descanso de tu papá, Luquitas. Pero ya no llores, mi hijo", dijo el sacerdote.

"Yo quiero mucho a mi papito", decía Luquitas llorando.

* * *

Las Serpientes con Patas
y los Niños Sordomudos

Capítulo 10

Mientras varias personas andan buscando todavía a Nicolás en otras áreas dentro de esta misma comunidad, nos trasladamos para presenciar a unos niños sordomudos que se divierten en grande jugando con una enorme serpiente. En estas cosas no tengo base en concreto para asegurar si también tenga participación Tatic Mamal o es obra únicamente de la naturaleza y creencias, pero es parte de tantos narrativos que hacía la gente durante mi infancia y que a mi parecer es menester incluirlo en este libro. Pero lo que sí puedo asegurar, es que estos niños que carecen del

habla y oído están superdotados de inteligencia. Ellos están
facultados para comunicarse entre ellos usando toda su capacidad interna, lo que casi la mayoría de las personas normales carecemos de estos fenómenos.

En este pueblo se hablaba mucho que los niños de esta
naturaleza poseían asombrosos poderes para comunicarse
entre ellos, y poder ver fácilmente más allá donde la visión
de las personas normales sería imposible. Así pues, en aquellos tiempos hablaban mucho acerca de los niños sordomudos y sus travesuras que hacían en sus casas o en el campo, o donde les daban ganas de utilizar sus habilidades y
divertirse. Sus juguetes favoritos eran siempre las enormes
serpientes con patas según ellos. Pues su único pasatiempo
era eso, divertirse precisamente con estos enormes animales
rastreros que abundaban en estas regiones montañosas.

Como ya lo hemos platicado en la primera parte de esta
leyenda, los niños de esta comunidad no tenían acceso para
ir a estudiar, o mejor dicho, no teníamos, y mucho menos a
estos niños con sus limitaciones personales. Pero en realidad
las cosas eran otras. Estos pequeños eran verdaderos genios
que no les pedían absolutamente nada a otros niños con sus
facultades cabales. De eso que no iban a la escuela no era
porque de plano no servían para eso, ellos con su inteligencia le sacarían mucho provecho sus estudios, pero desafortunadamente no había acceso a ello en aquellos tiempos tal
como ya lo hemos platicado. Pero en fin, estos niños vivirán
siempre encerrados dentro de su propio mundo e inocencia
hasta que algún día se dé esa oportunidad de asistir a la escuela que tanto nos hace falta para que se abran nuestros
ojos.

En las fiestas, en las reuniones o en cualquier ocasión eran temas sumamente nutritivos, también cuando se hablaba acerca de los niños sordomudos. En un pueblo como el mío y como en todas las comunidades si no hay nada de que platicar, el tiempo se hace muy aburrido, pero afortunadamente el pueblo de Petalcingo es un mundo que está hecho de fantasías. Si no hablan de una cosa, pero hablan mucho de otras cosas. Así es que siempre le sobran argumentos para los cuentistas.

Ahora, les presento a tres niños que son hermanos y originarios de esta comunidad. Sus edades son 14, 12 y 11 años de edad respectivamente. Como ya dijimos, estos niños no van a la escuela ni siquiera para aprender el lenguaje para sordomudos o tan siquiera para jugar con otros niños. Sus únicos aprendizajes es ir todos los días al campo a echar machete de sol a sol. Desde esta edad todos los niños tzeltales ya deben dominar bien el manejo del machete.

Un día, los tres hermanitos estaban trabajando entre la milpa cuando de repente ven a una enorme serpiente de cuatro metros de longitud y bien gruesa, parecida a la que encontró Nicolás un día en el camino. Este reptil estaba atravesado entre montones de hojas y palos podridos que hay donde estaban. El color de esta serpiente es tan parecida a los palos podridos. Personas no residentes de esta región fácilmente se confunden y se convertirían en una suculenta comida de este animal hambriento y venenoso, ya que un pequeño error que cometa una persona, haría que estos animales reaccionen violentamente, o sus hipnotizantes ojos los pueda paralizar y enrollarse sobre ellos hasta asfixiarlos y luego devorarlos enteros, o sufrirían graves mordeduras.

Estos animales son normales para estos niños. El mayorcito le está explicando a sus hermanitos que tomen sus debidas precauciones, ya que debajo de los palos caídos les gusta esconderse las víboras. Como dije antes, estos pequeños tienen la facultad de ver que todas las culebras tienen patas, cosas que no ocurren entre niños normales. Pero sería mejor que nos sometamos también bajo las influencias de nuestra mente para que podamos captar exactamente lo que ellos van a experimentar.

Es verdaderamente asombroso que nosotros también podamos escuchar los diálogos entre ellos y poder ver y contar cuántas patas tiene este enorme reptil, y en ocasiones hasta quieren hablar con ellos. Así pues, enfoquemos nuestra imaginación entorno a lo que van a experimentar estos muchachos.

"(Mmmhbs, jh kst): estoy mirando una serpiente bien grande y es venenosa y está sacando mucho su lengua. No se muevan, por favor, porque si la espantamos puede significar grave peligro para nosotros", advirtió el mayorcito.

"(Ppptpjhms, vvvsst): no tengas cuidado por nosotros, carnalito, no es la primera vez que nos encontramos con una víbora", dijeron los más pequeños.

"(Jjjhhkstm, vvvsstwww), pero nunca sobran las advertencias y ahorita mismo le voy hacer que se duerma, ya verás", dijo el mayorcito.

"(Mmmbst, hkjjt). Tú también ten mucho cuidado, hermano, no hagas mucho ruido, ya te está mirando con coraje como que ya se dio cuenta de tus intenciones", dijeron los otros niños.

Mientras los dos pequeños hermanitos permanecen quietos, callados, nada más acariciando sus filosos machetes suavemente y mirándose de uno al otro de entre ojos, el mayorcito saca de su morral un manojo de hojas frescas de tabaco, se lo echa en su boca para masticarlo y luego le escupe con todas sus fuerzas sobre la cabeza de la serpiente. Y así, de esta manera los niños han logrado anestesiarla y ha quedado completamente inmóvil y listo para que ellos pongan en práctica sus pesadas travesuras con ella.

Nosotros también ya estamos sometidos bajo la poderosa influencia de nuestra mente, vemos y escuchamos claramente las estrategias de estos niños. Efectivamente, la serpiente tiene 77 patas en cada lado y en total son 154. Tan profundo es el sueño de este animal que hasta escuchamos sus ronquidos.

"(Vvv fst, mbjh): lo logramos, carnalitos. Esta serpiente loca ya está dormida y hasta está soñando. Quién sabe que está diciendo, no le entiendo muy bien", dijo uno de los pequeños.

"(Tthj, www vvmms): no está diciendo nada, sólo está roncando. ¿Y ahora qué hacemos con ella?", preguntó el otro niño.

"Hay que dejarla así un momentito mientras yo pienso qué hacemos con ella", dijo el mayor.

"(Gugugustpsjj): ¡Serenos, carnalitos! Tengo una estupenda idea. Los efectos de mi saliva con el tabaco masticado que le escupí, es superior que su veneno, y ahorita la tiene profundamente dormida a tal grado que no podrá moverse durante todo el día. Así es que nosotros aprovecharemos esta gran oportunidad para ponerlo en práctica nuestra astucia. Tenemos suficiente tiempo para eso", explicó el niño mayor.

"(bbbjhg): ¿Le vamos a cortar su cuerpo a machetazos como lo hemos hecho con otras?", preguntaron los otros her-manitos.

"(Jjhjhvv): ¡Nooo! Mejor la llevamos arrastrando al pue-blo y allá nos divertiremos más de ella. Sus patas son como las de una iguana bien maciza, aunque nuestros machetes estén bien filosos no podríamos cortarle, así es que mejor sa-quen sus mecates y lo que traigan y vamos a amarrarla bien y la llevamos ", respondió el mayor.

"Y si salen otras, ¿qué hacemos?", preguntaron los her-manitos.

"Las llevamos también", contestó el mayor.

"(Wwwbs jhtms): ¡Eres genial, hermano", respondieron los hermanitos.

Acto seguido, cada quien sacó de su morral las utilerías que acostumbran cargar todos los días para sus cotidianos trabajos. Esta herramienta consisten exactamente igual a las que cargaba Nicolás cuando estaba en Petalcingo.

Estos muchachos de tan sólo pocos años de vida, ya son expertos de las rutinas diarias igual que los adultos. Su mejor academia es ir al monte todos los días a echar machete. Así pues, entre los tres amarran a la serpiente que aun está bien dormida por los efectos del tabaco masticado que le escupió el niño mayor.

Quiero confesarles que yo también fumaba mi tremendo puro que me daba mi papá cuando iba con él a su trabajo en tiempos de lluvia y mucha humedad en el campo. Esto es cierto, no es invento de la gente. Eso era para espantar a los zancudos y los mosquitos. Eso de la penetrante y fuerte humareda del tabaco fumado o masticado y que las anestesiaba a las víboras también es cierto. En mis tiempos de infancia, así se acostumbraba. Los padres campesinos podían darle a sus hijos tabacos para que lo fume o mastique para en caso necesario.

Bueno, seguimos hablando de lo niños. Después de asegurar bien estos amarres, entre los tres empiezan a jalar para llevarla arrastrando al pueblo. Pero como la serpiente es grande y pesada, el mecate se rompió y los niños se fueron de boca al caer. Cuando se levantaron medio ataratantados cada quien se sobó su cara con los labios reventados y bien inflamados. Pero como son expertos en todas las maniobras, minutos después ya lo habían arreglado y listos para seguir con el proceso.

Entre pujidos empiezan otra vez a jalar, y poco a poco se alejan del lugar donde encontraron a la serpiente. Los muchachos ya van a medio camino con su serpiente, pero por el fuerte apretón en el cuello del animal con que la tienen amarrada ya se ha despertado y quiere usar sus patas e intentar escapar de sus captores. Pero desafortunadamente su cuerpo se encuentra tan adormecido y mallugado que por más que se esfuerza por liberarse le resulta inútil. Este reptil terrenal no tiene ningún poder anormal como Shánhuinic; él o ella puede clavar sus dientes para morder y envenenar si es posible, pero hasta allí nada más. Esta vez los muchachos han optado que cada quien meta manos en su morral para sacar el manojo del acostumbrado tabaco que utilizan para anestesiar. Cada quien empieza a masticar y entre los tres al mismo tiempo le escupen a la serpiente en su cara y al instante a quedado dormida otra vez. Con toda confianza y sin tantas precauciones continúan jalando el lastimado cuerpo del animal. La idea de estos niños traviesos es hacerla llegar viva al pueblo para sacrificarla si es que logra sobrevivir.

Aunque esta serpiente pudiera hablar como Shánhuinic no le escucharían, ni podrían hacer algún comentario al respecto mucho menos perdonarle la vida aunque pidiera piedad. Ellos son tres y están bien encaprichados y la infeliz serpiente está sola. Ojalá hubiera salido de su madriguera con otras, pero no se le ocurrió. Tan confiada estaba que no se imaginó lo que iba a ser de su vida por el día de hoy, pues su trágico fin se acerca.

Después de arrastrarla por una hora y media, llegan al pueblo bien sudados y cansados. Otros chamacos conocidos de ellos se burlan de sus travesuras. Se dirigen al patio de su casa para ponerse de acuerdo cómo la van a ejecutar, y hasta algunos animales domésticos propiedad de su madre están presentes en esta área de ejecución.

La dejan botada mientras ellos entran a su casa por unos cuchillos filosos que necesitan aparte de sus machetes. Tan fuerte ha penetrado en ella el efecto del tabaco masticado que aunque su cuerpo ya está totalmente lastimado como dijimos antes, no ha podido reaccionar.

Entonces, manos a la obra. Entre los tres empiezan a contar exactamente cuántas patas tiene este animal, pero repentinamente lo suspenden por unos minutos porque dos de ellos se le ocurre arrancarle los colmillos primero para que no les muerda por si acaso se despierta. Estos colmillos son puestos en un frasco de cristal con agua, precisamente con hojas de tabaco ya fermentado. El tabaco es el medicamento primitivo para contrarrestar los efectos de alguna mordedura de culebras consideradas como venenosas o algunos otros animales o insectos ponzoñosos que hay en estas regiones.

Después que ya terminaron de arrancarle los colmillos, proceden nuevamente a contar las patas para luego cortarlas a machetazos y a cuchilladas. Están más sudados y agitados, pero no toman tan siquiera un ratito de su descanso. Para ellos esta ocasión es sumamente importante que por ningún motivo no suspenden esa repugnante y casi satánica actividad.

Después de varios minutos de estar batallando y pujando para cortarle las gruesas y duras patas del reptil que ya la tienen sin ellas y sangrando de a montón, por fin los tres se paran y se quedan quietos para respirar profundamente y quedarse relajados. Y la pobre serpiente nada más abre y abre su boca sangrante y saca su lengua, pero ya sin colmillos y sin patas. No sabemos si está llorando de dolor o está pasando ya a la mejor vida. Ronca y rebuzna casi como un burro, pero bien quedito. Los niños ya están bien ensangrentados también y bien complacidos. Después de su macabro trabajo, obviamente la infeliz serpiente está muerta.

No conforme con eso, entre los tres le cortan la cabeza, la patean como si fuera un balón de fútbol y empiezan a

machetearla una y tantas veces todo su cuerpo hasta dejarla
en pedacitos. Ellos ya han quedado completamente satisfechos con sus travesuras. Después de jugar con los pedazos
de la serpiente, se aburrieron y se ponen a recoger para luego tirarlos al monte lejos de la casa donde no empañe la
pestilencia ni atraiga moscas. Hablando de moscas y en un
pueblito como Petalcingo, hace más de 60 años cuando íba-
mos a hacer nuestras necesidades a un ladito de la casa, ya
se imaginarán las moscas que se juntaban, pero no había más
que aguantarlas.

"(Bubujs, pstjjj bbb): ¡Carnalitos! Qué tal se divirtie-
ron?", preguntó el niño mayor.

"(Kjkjst bubu): mucho más de que lo te imaginas, hermano. Eres un genio, carnalito y con mucha experiencia",
contestaron los otros.

Unos días después, se encontraron con otra serpiente del
mismo tamaño como la del otro día o quizás es mucho más
grande. Ellos iban bien apaciguados, sin ninguna intención
de hacer travesuras más que caminar con mucha cautela en
el camino entre la selva montañosa que conduce a su campo
de trabajo, cuando de pronto miraron a este animal trepado
sobre las gruesas ramas de un árbol y casi encima de ellos.
Cuando la serpiente se dio cuenta que estaba siendo vista,
disimuladamente sin hacer ningún movimiento entre las hojas del árbol y procurando que no le vaya a ganar su peso
y que se precipite al suelo, empezó a arrastrarse despacito
con sus patas sacando su larga lengua a cada momento, y su
diabólico instinto como de animal maligno hasta saboreaba
la presencia de estos niños que estaban junto a ella, y como
diciendo tengo bastante hambre y ahorita voy a almorzar

bien rico. Estos chamacos están tiernitos casi enteros me los trago.

Cuando logró acomodarse y enrollarse entre las ramas, fijamente empezó a converger sus hipnotizantes ojos brillosos sobre ellos. Pero esta serpiente hambrienta ha ignorado que estos niños son mucho más inteligentes que ella. Cuando se percataron de la presencia de la serpiente, sin pensarlo dos veces cada quien metió mano al morral y al instante sacaron sus manojos de hojas de tabaco húmedo y oloroso para poner en función sus acostumbrados métodos primitivos.

Cada quien empezó a masticar sus respectivas hojas. Cuando la escupieron, al instante se quedó dormida esta enorme serpiente de aproximadamente 60 kilos y cuatro metros de largo. Como si hubiera sido hipnotizada por estos niños, instantáneamente se quedó inconsciente y se deslizó de donde estaba enrollada y cayó al suelo. Esta vez le dieron su buena paliza antes de ser ejecutada. La serpiente tenía 77 patas en cada lado y en total son 154. No sabemos si todas las serpientes tienen la misma cantidad de patas o varían, pero lo que sí supimos es que nada más pujó cuando cayó produciendo un sonido similar cuando puja o hace mucha fuerza una mujer anciana. No cabe duda que esta serpiente ya era de edad madura, sólo que tenía que luchar todavía para su sobrevivencia y más aún, que los niños eran alimento tierno y fresco que no iba a mover mucho su quijada para masticarlo. Pero le salió el tiro por la culata. Los niños prefirieron regresar a casa que ir al trabajo ese día. Ellos no iban a desaprovechar esta oportunidad de disfrutar en grande esta hazaña, pues no era para menos. Esta vez les costó mucho más pujidos que otras veces para llevarla arrastrando al pueblo.

Según pláticas de la gente, los niños sordomudos no únicamente tienen el don de visualizar las patas de las serpientes, sino que también pueden ver todo lo relacionado con lo
invisible para la gente normal. En ocasiones hasta los llevan
para explorar donde personas adultas creen que hay panal de
abejas en las montañas.

Amigos, yo me divertí muchísimo de las travesuras pesadas de estos niños. Realmente es asombroso el mundo de
los niños sordomudos. Todo lo que ellos veían, yo también
todo lo veía. Todo lo que ellos decían, yo los escuché y los
entendí. Esto es lo que contaba la gente. Son puras creencias.
Pero si lo tomamos muy a pecho, puede que sea cierto, porque yo sí lo tomé muy a pecho y creo que todos somos muy
imaginativos.

Espero que ustedes también se sometan bajo sus efectos
mentales y puedan ver y escuchar lo que piensan y miran los
sordomudos.

* * *

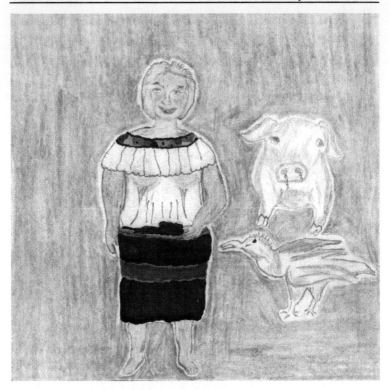

La Bruja Meloshko

Capítulo 11

S on las 11:50 de la noche, tiempo mortal en Petalcingo. La bruja Meloshko de aproximadamente 55 años de edad, es la que se atravesó en el camino donde estaba Tomaza y su hijo en busca de su marido. Esta mujer como las otras de su edad, les gusta andar desnudas de la cintura para arriba cuando hace mucho calor. Así se acostumbra entre las mujeres indígenas de esta comunidad de andar enseñando sus pechos.

Así pues, esta bruja está desesperada de hambre físico y espiritual, ya que desde hace casi un mes que no se alimenta de alguna víctima de su brujería. Desafortunadamente no ha habido quien se dejara embrujar, y por lo tanto, desesperadamente espera que sean las doce de la noche para que el cerro de Ahkabal-ná abra su puerta y ventanas de par en par para que entre.

Así pues, Meloshko se imagina que ya está dentro del cerro y ante sus ojos esa comida en grandes porciones que hasta la saborea física y mentalmente. Saca su lengua como las víboras, la dobla, la encoge y alarga haciéndola girar alrededor de sus labios. Mientras lentamente avanzan los escasos minutos que faltan para que Tatic Mamal ordene al campanero toque tres veces la campana a las doce de la noche y cobren vida todos los fantasmas como todas las noches a esta hora. La bruja no es la que nada más lo piensa o se imagina qué ocurre dentro del cerro de Ahkabal-ná por las noches, sino que hasta entra a comer allí desde que se hizo bruja quién sabe desde cuándo. A nadie le ha comentado y nadie le ha preguntado a ella si fue alumna de Tatic Mamal o aprendió por sí sola. Quién sabe.

Mientras por otras áreas de la pequeña comunidad también se preparan algunos grupos que han venido presenciando por años lo que supuestamente ocurren todas las noches en ese cerro. Estas personas no son brujas, solamente son públicos que les gusta desvelarse y que decían ver iluminación en alguna parte del cerro, y que en ocasiones hasta miraban a Tatic Mamal caminando de un lado a otro, y algunos platicaban que hasta música escuchaban.

La bruja Meloshko está lista para volar hacia el cerro. La puerta y las grandes ventanas ya están abiertas y ella está utilizando sus habilidades malignas para transformar su cuerpo en una guajalota liviana pero bien enorme.

Ya son las doce de la noche y minutos. El ambiente nocturno dentro del cerro está a su punto máximo. Todos los fantasmas están disfrutando a lo grande lo que en vida les gustó. Igual que todas las noches. La orquesta sinfónica tocada por los esqueletos lo hacían a todo volumen. Los bailadores han venido de diferentes nacionalidades, cada quien con su pareja igual que siempre, aunque no se entienden porqué son de diferentes lenguas, pero eso no implica ningún problema.

La enorme mesa donde cenan los fantasmas ya está servida abundantemente con una suculenta y humeante comida recién hecha, así aparenta estar, pero la verdad dicen que es pura cochinada. Quién sabe, más adelante lo vamos a ver exactamente de que está hecha.

Tatic Mamal, desde su majestuoso recinto está presenciando todo lo que está aconteciendo en esos momentos. Él está sentado en su silla flotante y meciéndose como si estuviera en un columpio. Nicolás está de pie al lado izquierdo del anciano, muy atento y como siempre pellizcando su viejo y roto sombrero. Le da vueltas y vueltas girando alrededor, no sabemos si es de emoción o de nervios, porque muy juntito a él se encuentra la diosa Shínula. Estos seres aparentan estar vivos los tres pero en realidad nada más Nicolás es el único mortal que está presente entre ellos.

Conforme va transcurriendo el tiempo, la fiesta también se hace más emocionante a tal grado que hay momentos en que Nicolás se ve con ganas de participar entre los bailadores, o más bien, ir a la barra a echarse su copa de posh (aguardiente). Desde lejos lo saborea el vital líquido emborrachador que está siendo servido por los "bartenders". Nicolás echa sus buenos suspiros por la Shínula, pero cuando ella lo mira, él se hace el disimulado que no sabe nada.

Esta fiesta de los fantasmas ya está completamente en su punto máximo, y por lo tanto, la mayoría de los presentes y hasta el mismo Tatic Mamal están todos distraídos. Entonces en esos momentos, los brujos transformados aprovechan para entrar a comer a través de las dos ventanas.

Desde afuera se ve bien iluminado el interior del cerro de Ahkabal-ná. Como que esta vez han estado entrando más brujos que otras veces, como unos 40, y falta por entrar la Meloshko. No sabemos porqué se ha quedado atrás porque en buena hora se preparó para venir, transformándose en esa guajalota que dijimos. Los otros brujos han convertido sus cuerpos en otras aves malignas.

Ahora vemos a Meloshko que entra volando casi rozando una de sus alas en una esquina de la ventana. Por fin ya están todos en el interior del cerro donde se van a dar sus agasajos, ya que la comida se ve tan real y está que se le antoja a cualquier persona. Ahora presenciamos lo que está pasando con ellos. Estos brujos se han amontonado en una esquina de la enorme mesa, muchos ya recuperaron sus figuras originales y otros han preferido quedarse con sus cuerpos transformados. Aquí no hay distinción para nadie, todos son participantes, aunque la bruja Meloshko y sus compañeros han entrado ilegalmente ellos van a comer igual que los otros, y precisamente han empezado a comer todos los que tienen hambre.

Tal como dijimos al empezar con este capítulo, ya tienen semanas que no embrujan a nadie que están muy hambrientos y devoran la comida desesperadamente. Muchos quisieran tener estómago de elefante para que quepa mucha comida. Tragan y tragan como cerdos y eructan a cada rato y muchos hasta están vomitando allí mismo.

Después de un buen rato de estar tragando, la Meloshko empieza a dirigir su mirada hacia a todas partes como queriendo encontrar a alguien. Y sí, efectivamente está tratando de localizar a Nicolás para decirle lo de su familia que todavía lo están buscando. En ese momento lo localiza y se da cuenta que está con el anciano Tatic Mamal y la Shínula. Disimuladamente le hace señas a él para que vaya con ella. Nicolás se da cuenta que la bruja lo está llamando, y como es conocida suya porque ambos viven en Petalcingo, va hacia ella, pero es retenido por el Tatic Mamal por ciertas normas. Después de la advertencia, Nicolás se dirige hacia donde está la bruja.

"A dónde vas, Nicolás? Ya sabes que no debes involucrarte con los muertos", le dijo Tatic Mamal.

"Ellos no están muertos, Tatic Mamal. Los conozco, son los brujos de mi pueblo, y la Meloshko me está llamando no sé para qué", respondió Nicolás al anciano.

"Bueno, pues ya te he dicho que no debes enfocar tu mirada hacia sus ojos directamente, aunque me digas que no están muertos, pero casi están porque han venido a mi casa y andan ellos entre los que sí están, te quedas advertido, Nicolás", le advirtió el anciano a Nicolás.

"Pero yo también ando entre ustedes y entre ellos". respondió Nicolás.

"Qué terco eres, Nicolás, y no me lleves la contraria", le reclamó Tatic Mamal a Nicolás.

"¿A dónde lo has mandado a Nicolás, padre? Bien puede confundirse entre las almas, él no ha terminado con sus lecciones, el es mortal aún", le recordó Shínula a Tatic Mamal.

"Nada más fue a platicar con una conocida de él, hijita. Quizás le trajo algunas noticias de su familia. Yo sé que su estancia entre nosotros apenas lleva algunos meses. Todavía le quedan muchos para que se salga de nuestra casa", respondió el anciano.

Dicho y hecho. La bruja Meloshko le está informando a Nicolás todo acerca de sus seres queridos, cómo están viviendo ahora sin él, ya que él desapareció hace aproximadamente cinco meses y desde entonces no saben nada de él. La verdad de las cosas entorno a Nicolás, a lo mejor ya ni se acuerda de su familia. Todas las noches se divierte con los fantasmas en la casa del señor Tatic Mamal.

En esos momentos cuando se dirigía con Meloshko, ante sus ojos rojizos e irritados empezaron a desfilar hermosas mujeres que de repente aparecieron. Es de suponerse que ni se acuerda de su Luquitas. Así pues, la Meloshko trata de convencer a Nicolás que salga del cerro si es que está vivo como dice él, o que se quede ya para siempre como andan diciendo en el pueblo que ya está muerto.

"Y tú, ¿qué haces aquí, Meloshko, y para qué me quieres, por qué me llamas?", le dijo Nicolás a Meloshko.

"Esa es mi pregunta, Nicolás, ¿tú qué haces aquí? ¿Si estás vivo por qué no sales? Tu familia te necesita, Luquitas llora mucho por ti", le explicó Meloshko a Nicolás.

"¿Cómo quieres que salga de aquí? El cerro está sellado completamente tanto por fuera como por dentro, y además, el Tatic Mamal y todo su territorio están vigilados de día y de noche. Hay muchos duendes por dondequiera y son los que trabajan para él. De que estoy vivo, sí estoy no lo dudes, pero no vayas con el chisme al pueblo", respondió Nicolás.

"Si estás aquí, ¿por qué no comes, o no te gusta comer con nosotros? La comida está bien riiica, Mira! Bien calientita", le explicó Meloshko a Nicolás con ciertas motivaciones.

Meloshko no deja de ser una malvada bruja, aunque no le ha hecho nada malo a Nicolás, pero a otras personas sí, mucho daño les ha hecho como los malvados relámpagos verdes. Ella está entre los fantasmas descomulgados por Tatic Mamal, y por lo tanto, están condenados a comer hasta la mierda si es posible.

Dicho y hecho, Nicolás se dio cuenta que toda la comida que están tragando desesperadamente está llena de gusanos, y Meloshko, ni cuenta se había dado. De esta manera, Nicolás ha quedado convencido de las advertencias que le dio Tatic Mamal. Él frunce su nariz y boca con asco al ver que ella sí está saboreando la comida. La mastica, paladea y traga tal como un verdadero cerdo, y eructa en repetidas veces igual que los demás.

Ya llevan aproximadamente una hora los brujos disfrutando la cena junto con las almas en pena. Nicolás ya está cortante con Meloshko, ya se quiere regresar donde está Tatic Mamal. Está sujeto a las reglas de él, de eso ya sabemos. Un error que cometa, instantáneamente sería una estatua.

"Dímelo pues, todo el chisme que traes, porque no debo exceder el tiempo permitido por el Tatic Mamal, él es muy estricto", le exigió Nicolás a Meloshko.

"Pues bien. Resulta que todavía te están buscando. Ya tienes meses que desapareciste, tu esposa todavía está con la idea de que un día te va a ver vivo", le dijo Meloshko a Nicolás.

"Claro que sí me van a ver vivo; no estoy muerto ni soy brujo tampoco, sólo estoy cumpliendo una misión y cuando salga de aquí le voy a comprar ropa nueva a mi familia", respondió Nicolás riéndose de Meloshko.

"Chistoso!", contestó Meloshko.

"La que podría ser difunta eres tú. Tú bien sabes acerca de los brujos que entran aquí en la casa de Tatic Mamal a robar comida, muchos ya no salen, y muchos los que logran salir se mueren de diarrea a los pocos días", respondió Nicolás.

"Bueno, déjame terminar. Luquitas tu hijo, todavía va a consolarse con el padrecito en cada misa. Llora mucho por ti como no te imaginas junto con su mamá. ¡Bueno! Yo ya cumplí con avisarte lo que sé de tu familia, tú sabes lo que haces", le dijo Meloshko a Nicolás antes de salir del cerro. "Gracias de todas maneras", dijo Nicolás.

En ese momento se disponen a salir todos después del agasajo que se dieron. La mayoría están bien atarantados y casi no pueden moverse bien para convertir sus cuerpos en pájaros y volar. Después de diez minutos ya casi han salido todos, pero algunos que no lograron ya están tiesos y son llevados y arrinconados en un lugar donde no estorben. La Meloshko ha corrido con suerte, pero no sabemos qué le espera mañana o pasado, porque esta bruja ha estado viniendo aquí desde hace años.

Nicolás ya se encuentra junto a Tatic Mamal rindiendo su declaración acerca de su entrevista con la bruja.

"¿Qué te dijo la bruja Meloshko, Nicolás?", preguntó Tatic Mamal a Nicolás.

"Me dijo que mi familia ya quiere que regrese a casa", respondió Nicolás.

"Esa bruja yo la capacité. Fue mi estudiante como esos que vas a ver en cualquier momento, pero ha desobedecido mis normas, y por lo tanto, ya muy pronto va a recibir su castigo", dijo Tatic Mamal.

"¿Así que es cierto lo que dicen. Usted los enseña a ser brujos y poder transformarse en animales y embrujar a la gente?", preguntó Nicolás.

"Enseguida te voy a llevar donde están mis estudiantes", le dijo Tatic Mamal a Nicolás.

La fiesta ha llegado a su fin. Como todas las noches, llegando la manecilla del reloj a las cuatro de la mañana –si hubiera reloj–, pero como no hay, sólo es un cálculo. Automáticamente se suspende la diversión. Los brujos y los demás que lograron salir, pues bien hecho; y los que no, ya se quedaron para siempre.

Ha quedado este lujoso establecimiento totalmente vacío como si no hubiera habido nada, todo en silencio. Los únicos que andan aquí son Nicolás, Tatic Mamal y Shínula.

* * *

Tatic Mamal y sus Raíces de Oro #4

Capítulo 12

Bueno pues, la gran fiesta que acaba de terminar es una de todas las noches que aquí se lleva a cabo. Todo este argüende, todo este bochinche que ocurren todas las noches, son una de las más relevantes creencias de nuestros antepasados, y obviamente el gran Tatic Mamal y sus raíces de oro como, ya lo hemos hablado y visto antes y lo que está por ocurrir en este capítulo.

Así pues, ya se encuentra Tatic Mamal en su silla flotando de estructura de oro y diamantes como ya lo he hablado también en repetidas ocasiones, pero no es por demás hacer otra mención al respecto. La Shínula no se ha ido a su alcoba, todavía se encuentra junto a su anciano padre. Y Nicolás como distinguido visitante casi permanente, está junto al viejo, y entre los tres han estado intercambiando una interesante conversación. Por parte de Nicolás, su interesante conversación no sabemos cuál es el contenido de su mensaje y ahorita mismo vamos a escuchar exactamente qué es lo que han estado hablando. Pero antes le echaremos un vistazo a las cuatro enormes barras de oro que se asoman debajo del asiento del anciano.

Han empezado a emitir radiantes chispas electromagnéticas de multicolores y vibraciones de altas frecuencias; esto significa que va a temblar en alguna parte del mundo otra vez, y el anciano Tatic Mamal está calculando a qué grado de frecuencias van a vibrar sus cuatro raíces y a qué magnitud del movimiento sísmico va a ocurrir en unos instantes. Este anciano está tramando crear un verdadero desastre donde van a producir sus efectos estas raíces. Cuando usa solamente una de sus raíces, hace temblar a la tierra sólo 2.9 grados Richter del movimiento sísmico. Pero en esta ocasión, este viejo loco, va a cometer uno de sus más crueles atrocidades. En la forma que el está actuando no deja lugar para dudarlo de sus intenciones. Shínula le pregunta a su padre muy consternada el porqué de sus acciones tan extremadas.

"Padre, ¿qué tan fuerte vas a mover a la tierra y por qué?", preguntó la Shínula.

"Necesito reactivar mis cuatro raíces hijita, desde hace 217 años que no sé nada una de ellas, y necesito saber si no ha sufrido alguna raspadura. Tú bien sabes, estas raíces mías son tan valiosas para los seres humanos, aunque hasta hoy no ha habido un investigador de recursos de esta naturaleza que haya descubierto, pero de todos modos es mejor que ya empiece a usar las cuatro nuevamente como antes", dijo Tatic Mamal.

"¿Van a temblar los cinco continentes, padre?", le preguntó Shínula a Tatic Mamal.

"Nooo, hijita, sólo sacudidas normales en alguna parte", respondió el anciano.

"¿Otra vez va a temblar en Japón, y esta vez mucho más fuerte que antes?", preguntó Nicolás muy asustado.

"Interesante pregunta", respondió Tatic Mamal.

"Pero, ¿qué se trae con los japonesitos, señor Tatic Mamal?", preguntó Nicolás.

"En realidad sólo tres de ellas van a vibrar a su máximo rendimiento, la otra va a vibrar a mediana magnitud y por lo tanto, diferentes magnitudes del movimiento telúrico. He escogido Japón nuevamente para mis pruebas de gran escala Richter, porque para el año 2011 precisamente esa es la magnitud que tengo programado. Y lo que va a ocurrir el día hoy allá en Japón, es lo que va a ocurrir para ese año, pero si fuera necesario utilizar las cuatro por completo, las usaré", le explicó Tatic Mamal a Nicolás.

"¡No entiendo nada, señor! ¿Cómo puede ser eso? ¿Lo que va a ocurrir hoy y lo que va a ocurrir dentro de muchos años y es el mismo? Sigo sin entender", contestó Nicolás.

"Nada más es ir hacia el futuro Nicolás. Acuérdate que estás dentro de mi reino, dentro del mundo fantástico de Tatic Mamal donde no existe el tiempo, donde no existe el frío ni el hambre. El tiempo es el mismo, los mortales son los que han modificado y diferenciado de acuerdo a sus necesidades y conveniencia, ya te lo he explicado", le dijo Tatic Mamal a Nicolás filosóficamente.

"Entonces, ¿podemos decir que estamos en el año 2011? Aunque nunca he ido a la escuela, pero he escuchado muchas veces cuando los cashlanes se ponen a platicar del tiempo y hasta lo platican en tzeltal para que yo entienda. Me gustaría que mi Luquitas fuera a la escuela para que él también hable acerca del tiempo matemáticamente como dice usted. Yo, yo soy un burro que no sabe nada, señor", respondió Nicolás asombrado.

"Aunque nada tiene que ver con mi programa científico lo que tú estás tratando de decir, pero te digo una cosa: en tus manos está la solución. ¡Bueno! seguimos aclarando acerca de los efectos que van a producir estos fenómenos. En Japón como en todos los países súper desarrollados cuentan con los más sofisticados instrumentos de alta tecnología para prevenir desastres naturales, pero nadie sabe que uno de esos desastres son provocados por Tatic Mamal desde las entrañas del cerro de Ahkabal-ná. ¡Ja, ja, ja ja! ¡Qué interesante! ¿Verdad?" siguió Tatic Mamal explicándole a Nicolás.

"Aunque parezca irónico, cursi, tal vez es una verdadera locura, pero así es, y resulta muy complejo para los mortales creerlo y principalmente para los orientales. ¡Ja, ja, ja, ja! No cabe duda que soy un genio", explicó Tatic Mamal.

"¡Padre! Ojalá hagas una discrepancia; no estoy muy de acuerdo con tu programa establecido. Tragedias humanas traerán como resultados esos experimentos, padre", le reclamó Shínula a su padre.

"Así como los tzeltales de Petalcingo me han dado mucho poder con su fe, también los japoneses tienen sus propios dioses a quienes le rinden culto. No te preocupes por los grados de consecuencias, mi hija. En unos momentos estarán peleando dioses contra dioses. Ellos lucharán para salvar a los japoneses, pero yo, con mis potentes raíces de oro siempre hago lo que quiero y en cualquier momento", finalizó explicando Tatic Mamal.

"¡No te puedo contradecir, padre! Tú eres el rey y tú puedes hacer lo que quieras, donde quieras y a la hora que tú quieras", le respondió Shínula a su padre bastante molesta.

Nicolás se agacha e inclina su mirar hacia el suelo, suspira y truena sus dedos muy nervioso, y de vez en cuando mira a Shínula como queriendo decirle algo, pero no se atreve, nada más muerde sus labios sin dejar salir las palabras que están atoradas detrás de esos labios gruesos que tiene. Pero Shínula se ha dado cuenta de las intenciones de Nicolás, pero tampoco ella se atreve a preguntarle qué es exactamente lo que le quiere decir, pero sin lugar a dudas, ella es la hija Tatic Mamal y que le puede dificultar para leer pensamientos mortales si por años ha estado ella con tzeltales en todas las ceremonias que han hecho en su honor.

El momento ha llegado, ya no hay nada ni nadie que lo impida el procedimiento de Tatic Mamal, y en unos instantes más, activará con toda su potencia tres de sus cuatro raíces que intercomunica con todo el globo terráqueo. Ya está empezando a temblar una parte de las tierras japonesas hasta convertirse en un furioso y devorador terremoto y maremoto. En unos minutos, gigantescas olas de las aguas del océano pacífico arrastrarán a las hermosas y modernas ciudades. Esto es lo que ha dicho este anciano loco, autor de estos hechos ya programados con anterioridad. ¿Tan fuerte serán sus descargas electromagnéticas contra las repelentes fuerzas contrarias de los dioses japoneses que van a provocar fuertes sacudidas en esas áreas? ¿Es ésta la verdadera razón por el cual Tatic Mamal ha destinado esas tierras teóricamente y prácticamente para ejercer sus experimentos para retar a los dioses orientales y haber que tan buenos son? Dice Tatic Mamal.

Tan palpable es la antigua mitología Tzeltal de Petalcingo que cada vez se hace más emocionante. Así pues, estas cuatro grandes y relucientes barras de oro que se asoman debajo del asiento de este genio señor Tatic Mamal ya es está súper saturado de energía y listas para que ya se descarguen y empiecen a moverse debidamente, de por sí ya empezaba a temblar. No sabemos qué hora es en el mundo de Tatic Mamal, ya que aquí no existe el tiempo de eso ya sabemos, pero allá en el lejano oriente son exactamente las siete de la mañana, hora pico. Mientras Tatic Mamal todavía se mece en su asiento como si estuviera sentado en una hamaca, y frota y frota sus pies sobre las barras.

Poco a poco lo va aumentando su frecuencia. Cada vez es más fuerte la presión de sus pies sobre las barras. Estas barras empiezan a emitir un silbido muy agudo y fuertes vibraciones. Tatic Mamal le informa a su hija y a Nicolás que ha empezado ya a producir efectos sus experimentos. Nicolás ha quedado con sus pelos de punta de miedo al escuchar las declaraciones del anciano porque esto significa que en cualquier momento harán un viaje astral hasta en el lejano sol naciente nuevamente.

Nicolás, bien que mal, ya sabe cómo es andar por allá en esas extrañas tierras. La última vez que anduvieron allá fue cuando Osaka tembló. Así pues, sobre la superficie oscura debajo de las aguas del océano Pacífico y a grandes profundidades sobre la costa de Japón, ha empezado a moverse y en cuestiones de segundos se ha ido en aumento a grandes escalas Richter. Y los dioses de la antigua cultura japonesa por más que luchan para evitar el desastre no pueden contra las fuerzas de Tatic Mamal. Y únicamente una de sus raíces es la que está dirigida exactamente hacia esta parte de la tierra, pero con esta tiene, las tres restantes son refuerzos.

Los dioses japoneses no pueden ir hasta donde está ubicado el cerro de Ahkabal-ná para retener al anciano. Es más, serán muy dioses orientales, pero hay quienes creen que ni siquiera saben acerca de la existencia de Tatic Mamal y de sus raíces. Ellos solamente vuelan como pájaros alrededor del área donde está temblando tratando de encontrar alguna solución mientras el Tatic Mamal rápido y furioso sigue moviendo sus pies sobre las barras.

Shínula está verdaderamente muy preocupada por todo lo que está pasando allá. Nunca antes había visto a su padre tan furioso como ahora. La razón porque está muy irritado Tatic Mamal es porque los otros dioses a toda costa lo quieren paralizar. Tanto pánico tiene Nicolás al ver al anciano tan irritado que intenta correr para escapar de él, pero Shínula lo convence que no haga ningún intento de huir a ningún lado.

"Ten paciencia, Nicolás. No es tan malo mi padre como tú crees, está así es porque los otros dioses que viven en el oriente lo quieren neutralizar. Él no tiene nada en contra tuya, al contrario; tú lo vas a acompañar en ese viaje que van a emprender en breve", le explicó Shínula a Nicolás.

"Eso es precisamente lo que no quiero, no me gusta, ya no quiero volver allá. Las personas de allá son muy extraños y un gordo me aplastó cuando estaban jugando", respondió Nicolás muy temeroso.

"Si no es porque quieras; es que tienes que ir. No seas cobarde. El que te aplastó era un zumo que estaba luchando", explicó Shínula.

"Serán sumos o borrachos como yo, pero el que me aplastó estaba bien pesado, y no estaba con mi cuerpo, si hubiera estado pobre de mí", respondió Nicolás.

"Pero lo bueno es que vives para contarlo, porque esos pesan mucho", le explicó Shínula.

"Por eso ya no quiero ir allá, ya te dije. Allá me siento bien raro, allá me siento sin cuerpo, pierdo mi peso, solamente soy una nube. Ellos pasan a través de mí y no se dan cuenta, pero yo sí los puedo ver a ellos y los escucho", así trataba de explicarle Nicolás a Shínula.

"Te entiendo, pero desafortunadamente nada puedo hacer para evitarlo que vayas. Acuérdate lo que te dijo mi hermano, que tuvieras mucho valor y paciencia para aguantar todo lo que te esperaba. Él no se equivocó, todo lo que estás experimentando te lo puso en tu conocimiento. ¿Sí o no?", le explicó Shínula a Nicolás.

"De veras que así me dijo esa serpiente loca cuando la traía cargando al cerro. ¿Entonces es cierto que tú y él son hermanos? Pero no se parecen! Él es un animal y tú eres una Shínula muy bonita", respondió Nicolás.

"Gracias, Nicolás por tus amorosas palabras. Mi hermano ya pronto va a estar aquí entre nosotros, ya se recuperó de sus múltiples heridas", dijo Shínula.

"Pero esas heridas profundas lleva mucho tiempo para sanarse y a veces se pudre en vez de mejorar", respondió Nicolás.

"Hace siete meses que lo encontraste a mi pobre hermano moribundo, Nicolás, desde entonces no lo hemos visto por aquí", dijo Shínula.

"¿Siete meses? ¿Que no fue hoy en la mañana que la eché en mi espalda aquella enorme serpiente macheteada?" preguntó Nicolás sorprendido.

"Tú no has visto la luz del astro sol desde ese día, Nicolás, pero en el calendario de ustedes han pasado ya siete meses", explicó Shínula.

En esos precisos momentos fueron interrumpidos por Tatic Mamal para informarles que sus experimentos se han consumado y que ha sido un éxito. Se ve muy agotado y más demacrado. Sus ojos como que vagan un poco y un poco descontrolado a pesar que él no es un humano. Él no está hecho de ninguna materia, pero esta vez aparenta ser de carne y hueso como Nicolás que está a su lado. Tampoco Shínula es de carne y hueso. Es obvio que se ve así, él luchó durante todo el lapso que sus enemigos trataron de evitar dicho experimento. Los dioses que han sido creados por los japoneses se dan la mano como señal de resignación de sus derrotas. Esta vez no sirvieron para nada las fuerzas que reciben espiritualmente de sus adeptos.

Mientras Tatic Mamal todavía sentado en su trono y todavía moviendo despacito a esa raíz que va directamente a Japón, le explica a Shínula y a Nicolás que esta vez fue bastante difícil lograr su objetivo. Pero más que satisfecho, su satisfacción de ser adorados como verdaderos dioses por los tzeltales en aquellos tiempos. Y gracias a eso tienen vida y poder tanto él como su hija; así lo han dicho en sus numerosas presentaciones en las ceremonias hechas en honor a ellos.

Así pues, hemos visto dos diferentes grupos de dioses mitológicos; los de los antiguos tzeltales y los de los japoneses, pero los más impactantes obviamente diría yo son el Tatic Mamal y Shínula. Será porque ellos controlan el territorio de Petalcingo, ¡Quién sabe! Pero a decir verdad, ellos han sido mis personajes preferidos antes de inventar los otros.

Shínula con miradas de preocupación y un poco distorsionada de su dulce voz le pregunta a su padre ese cambio de actitud. Que esta vez como nunca antes, se ve bastante raro y ella no está acostumbrada a ver así a su padre.

Un profundo suspiro de Nicolás le hace al anciano reaccionar bruscamente, tal como un mortal. Esa potente voz varonil que tiene, ahora se ha opacado a un 30%. Pero con ese porcentaje menos, le empieza a darle ya instrucciones a Nicolás, pero antes le advierte que ese viaje que van a tener va a ser más peligroso que el anterior y por lo tanto tiene que tener mucho valor y tomar sus debidas precauciones.

Como no es para menos la tragedia que acaba de ocasionar el Tatic Mamal y la forma que le ha platicado a Nicolás y a Shínula; pues ellos ya se imaginan todo lo que está ocurriendo allá en estos momentos. Entonces cada segundo que transcurre en la vida de Nicolás más difícil se le hace su existencia. Shínula le sigue dando ánimos y consuelo a Nicolás que todo va a salir bien.

"Tengo mucho miedo", dijo Nicolás con voz muy apagada.

"Todo te lo advirtió mi hermano lo que sucedería en el futuro, y ahorita es el momento de que hagas uso de ese valor y serenidad. Ahorita mi padre está un poco fatigado y él no te puede impulsar con todas sus fuerzas; y en este instante te va a ordenar que cierres tus ojos para emprender el viaje, y nos iremos los tres", le explicó Shínula a Nicolás con mucha serenidad.

"Concéntrense profundamente", les ordenó Tatic Mamal.

En estos instantes están los tres en profunda concentración, obviamente Tatic Mamal y su hija sólo en cuestiones de segundos, ya están listos para emprender el largo viaje astral.

Nicolás por más que se esfuerza para concentrarse no lo consigue y el tiempo estimado por Tatic Mamal casi termina y no lo pueden dejar solo dentro del cerro con los fantasmas, o lo comerían los brujos, o los duendes que trabajan para Tatic Mamal lo matarían a cosquilleadas. Así es que no tiene otra alternativa que seguir insistiendo las recomendaciones de la serpiente que le dijo un día en el camino.

Solamente les queda unos segundos para que ya emprendan el viaje y él sigue pujando con todas sus fuerzas para liberarse de su cuerpo. Ya está empapado de sudor y descolorido totalmente de su cara, está completamente inmóvil cuando de repente empieza a patalear como un pollo cuando le dieron un garrotazo en la cabeza. Esto ha sido como una señal que ya está liberado de su cuerpo. Aparentemente Tatic Mamal y Shínula han dejado sus cuerpos junto con el de Nicolás como si fueran mortales también, pero no es así, ellos pueden aparecer y desaparecer cuando ellos quieren.

Así pues en cuestiones de microsegundos, ya pudo hablar Tatic Mamal después de su enfrentamiento con los dioses japoneses y ordena a su hija y a Nicolás para que ya abran sus ojos. Al abrirlos, instantáneamente se sintieron muy seres acuáticos, ya que se encuentran dentro de las profundidades del mar del Pacífico, exactamente donde se originó el terremoto y donde se asoma la punta radiante de su raíz que ha quedado al descubierto por la fuerte sacudida.

La diosa Shínula abrió primero sus ojos y suspira profundamente y casi se desmaya al ver el embravecido movimiento de las olas del mar que han empezado a arrastrar con todo.

Todo es una confusión entre los habitantes acuáticos y las sirenas no son la excepción. Shínula le ruedan sus lágrimas y disimuladamente se seca con sus delicadas y sedosas manos.

Nicolás acaba de abrir sus ojos y se sorprende como nunca antes había hecho. Aunque ya estuvo antes en este país presenciando un temblor de tierra que se originó en otra área, pero esta vez Tatic Mamal se pasó de la raya. Ahora este anciano le explica a Shínula y a Nicolás todos los pormenores y riesgos que podrían encontrarse en esta zona del desastre y les ordena que tomen precisamente sus debidas precauciones. Muchas hermosas sirenitas lloran amargamente como verdaderas muchachas de carne y hueso. Algunas se consuelan entre grupos y otras prefieren consolarse por sí solas.

Los tiburones y lo demás seres andan bien confundidos, y bien lastimados entre unos y sobre otros. Con mucha cautela empiezan los tres a vagar sin saber dónde empezar primero con sus exploraciones. Tatic Mamal toma de la mano derecha a su hija para que camine en la zona de menos peligro, y a Nicolás le ordena que tome sus debidas precauciones, ya que un pequeño error que cometa será presa fácil para los tiburones enloquecidos. Él intenta explicarle algo a Tatic Mamal, pero debido a que está tan asustado y descontrolado de sus facultades físicas y mentales sólo se queda balbuceando sus palabras entre dientes que no se le entiende nada. Pero Tatic Mamal sí le capta y entiende exactamente qué está tratando de decirle. Como peces andan de un lado a otro entre la multitud de los seres acuáticos damnificados. Un verdadero lugar caótico en esos momentos.

Ahora se disponen a salir fuera de las aguas del océano Pacifico para ver lo que está pasando en la supuesta tierra sólida, pero en ese momento igual que allá en las profundidades del mar, sólo reina la furia desastrosa del terremoto y maremoto que está devorando a las casas.

Tatic Mamal y sus acompañantes no son vistos por la multitud de gente que corre de un lado a otro desesperados para salvarse, ya que muchísimos fueron devorados por las gigantescas olas. Las personas que todavía sobreviven pasan a través de ellos, pero no se dan cuenta, enteramente igual que en otras ocasiones, sólo que esta vez el movimiento de sus raíces fue tan fuerte que ha dañado en su totalidad esta parte de Japón, principalmente las partes bajas de esta nación.

Como fantasmas, incluyendo a Nicolás, caminan hacia donde eran modernas calles con anuncios sofisticado antes del terremoto, y ahorita solamente escombros van encontrando. Es un desastre total en estas zonas, pero Tatic Mamal anda como si nada hubiera hecho al respecto. Sólo Shínula y Nicolás a cada rato lloriquean por toda esta tragedia. Shínula abraza a Nicolás para consolarlo de su dolor de ver tanta gente muriendo aplastados por las casas derribadas. Carros, barcos y casas flotando sobre las grandes ciudades. Sobrevivientes de todas las edades por dondequiera tratando de llegar a lugares donde no ha sido cubierto por las aguas.

Muchos tratan de ayudar todavía a otros para salvarlos, pero son alcanzados y arrastrados por las endemoniadas olas. Gritaderas, lloraderas, lamentos en este infierno. Aunque los tres andan de viaje astral, por lo tanto, los tres son invisibles pero aun así, Nicolás de repente fue aplastado por un pedazo de concreto que se vino desde el techo de un edificio. Tal vez se concentró demasiado o se desconcentró pensando que estaba con su cuerpo y hasta sintió el golpe, pero como pudo se liberó del escombro. Shínula se agacha según ella para esquivar un enorme carro que se le viene encima, pero de todos modos pasa este pesado vehículo sobre su cuerpo de sustantivo abstracto, obviamente no le pasa nada. Tatic Mamal como si nada, únicamente frunce su frente y mueve su cabeza como si estuviera mirando a un par de niños jugando.

Y seguimos viendo vehículos pesados y pedazos de barcos que son lanzados hasta arriba de las casas. Gigantescas olas del mar siguen avanzando para revolcar a las más modernas infraestructuras de las casas.

Shínula se está comportando como una verdadera muchacha de carne y hueso al ver todos estos eventos desastrosos. La gente que andan buscando dónde escaparse pasan y pasan sobre ellos. Shínula se hinca y trata de levantar a una ancianita que apenas puede arrastrarse porque sus pies no le responden. También Nicolás se acerca para ayudarla y entre los dos la levantan sin que la señora se dé cuenta cómo se movió, pero desgraciadamente una fuerte turbulencia de agua se las arrebató de las manos.

Con tristeza y lágrimas ven a la señora alejarse de ellos. Así como con esta señora que querían salvar, así intentan hacer con los otros que se encuentran en las mismas condiciones. Pero debido a la tormenta de agua tardan más en tomar de las manos a las víctimas que son arrebatados nuevamente.

Todo el mundo está pegado a sus televisiones mirando alarmantemente lo que está aconteciendo en ese país. En las zonas aledañas del desastre han empezado a sonar todas las alarmas. Sirenas de patrullas y ambulancias chillando, tratando de entrar a la zona afectada, pero desafortunadamente es imposible. Helicópteros y aviones de seguridad y transportes noticiarios sobrevuelan en el cielo de estas ciudades castigadas por el sismo y el tsunami. También países occidentales están alarmados, desde el norte hasta el cono sur de América nerviosamente esperan la llegada del tsunami.

"Padre, ¿te das cuenta lo que has ocasionado con tus experimentos?", le reclamó Shínula a Tatic Mamal muy conmocionada.

"No lo hice con el fin de afectar a nadie, sólo puse en práctica mis poderes utilizando mis cuatro raíces, hijita, Si no se hubieran metido conmigo sus dioses, hubiera sido más moderado, pero ahora lo hecho, hecho está. Y sí, así me juzgas, pues ni modo. Todos estos eventos los he hecho en presencia de Nicolás que para eso lo he llamado para que se dé cuenta que sí en verdad existe Tatic Mamal y su gran poder", le repondió a su hija un poco molesto por la explicación.

"Pero señor, ¿qué tengo que ver con todo esto? Por favor no me eche la culpa de tanta tragedia. Yo quiero morirme en paz con mi botella de posh, yo sólo soy un borracho y no asesino", le dijo Nicolás a Tatic Mamal temblando de miedo.

"Sólo dije que te he traído para demostrarte mis poderes, así te dije cuando llegaste a mi casa, ¿si o no?", le explicó Tatic Mamal a Nicolás.

"Pues sí", le contestó Nicolás mordiendo sus uñas.

"¡Él está igual que yo padre! Los dos estamos asustados y conmovidos por todo lo que está pasando aquí", le dijo Shínula a su padre.

"No tienen porque estar tan conmovidos. Todos los seres vivos están expuestos a todo. Ellos nacen, viven y mueren, y mueren de diferentes maneras. Si fueras mortal, mi hijita, no estuvieras aquí hablando de tus inconformidades, han pasado en ti toneladas de vehículos arrastrados y aquí estás", le explicó Tatic Mamal a su hija molesto.

"Me disculpas, padre, pero no me convencen tus explicaciones, yo no estoy de acuerdo con tus experimentos y menos ahora que has ocasionado la muerte de miles y miles de mortales", le respondió Shínula a su padre con voz quebrantada de dolor.

"Oiga, señor Tatic Mamal, ¿qué son esos que andan volando arriba? Esos no son zopilotes y hacen mucho ruido, yo nunca he visto algo parecido en Petalcingo y están muy grandes para que sean pájaros", le preguntó Nicolás a Tatic Mamal muy sorprendido.

"No son pájaros, Nicolás, son aviones y helicópteros ultra modernos usados por el gobierno, y los demás son reporteros de radio, televisión y prensa internacional. Acuérdate que te expliqué que nos adelantábamos hacia el futuro, hacia el año 2011. Todo lo que está ocurriendo el día de hoy es lo que ocurrirá para ese año, por eso es que estás viendo productos de la más alta tecnología que ha superado todos los niveles. Todos los científicos están usando sus más sofisticados instrumentos para encontrar respuesta de estos acontecimientos, pero sólo se basan de su teoría y no se basan de algún otro fenómeno, ¿ya me entendiste?", le dijo Tatic Mamal a Nicolás como un verdadero profesor.

"Yo qué voy a entender. Usted me está hablando como si fuera yo un cashlán", contestó Nicolás.

"¿No sabes decir otra cosa que 'cashlán' o no puedes pensar en algo mejor?", le contestó Tatic Mamal a Nicolás con voz molesto.

"Padre! Nada podemos hacer para salvar a tanta gente dentro de las aguas. ¿Por qué no vamos más adelante donde están esas personas en tierra sólida salvando a los otros?", le pidió Shínula a su padre en forma de súplica.

Al instante llegan los tres donde Shínula dijo y empezaron a remover los escombros y carros que aplastaron a tanta gente. Invisiblemente empiezan los trozos de concretos y chatarras a moverse separándose de los que están abajo. Acto seguido empiezan como verdaderos rescatistas a levantarlos a los heridos y a los que ya están muertos y los llevan donde son puestos por los rescatistas humanos.

Muchos voluntarios y los mismos cuerpos de rescate y seguridad se asustan al ver que los muertos y heridos están transportándose solos. Confundidos y sin explicaciones tratan de alejarse del lugar de los hechos, pero son regresados y regañados por los jefes instantáneamente, y así sucesivamente siguen rescatando a los que no pueden rescatarse por sí solos. Mientras tanto, Tatic Mamal, Shínula y Nicolás siguen con sus quehaceres invisiblemente.

Nadie puede dar una explicación acerca de todo lo que está pasando en esos momentos. Extrañamente muchos heridos y muertos están rescatándose solos. Muchos de los presentes ya se han quedado con la boca abierta y mirando nada más como se mueven sin que alguien los moviera, en pocas palabras, están flotando solos. Los relojes mortales han recorrido ya una hora desde que empezó esta extraña ocurrencia.

Nicolás de repente se suelta lloriqueando y se echa a correr entre la multitud de damnificados y rescatistas. La razón es porque de repente se sintió muy sólido y muy pesado de su cuerpo, es que una pesada grúa venía sobre él y pensó que lo iba a aplastar. Tatic Mamal le ordena inmediatamente que no se aleje de ellos, porque si se aleja demasiado puede que se descontrole y que ya no regrese a su cuerpo. Tatic Mamal lo necesita vivo cuando salga del cerro.

"Ven para acá Nicolás", le ordenó Tatic Mamal.

"¿Por qué no lo dejas que se vaya a relajar por ahí, padre? El pobre está muy asustado y de repente piensa que está con su cuerpo", le explicó Shínula a su padre.

"Lo tengo sometido a cien por ciento bajo mi voluntad hijita. Si se alejara mucho de mí, es posible que ya no regrese a su físico, y yo quiero que regrese a Petalcingo a dar su testimonio acerca de mí", le aclaró Tatic Mamal a su hija.

"¡Ay, padre! Tú crees que se va a acordar de ti cuando salga de nuestro reino. No, una vez que vuelva a ver la luz de su mundo, todo se le va a olvidar y va a seguir a la borrachera. Lo que le vas a dar de recompensa se lo va a gastar todo en posh", le respondió Shínula a su padre.

"¿O nos equivocamos, Nicolás?", preguntó Shínula.

"Ese es problema de él. Yo voy a cumplir con entregarle esa recompensa que le ofreció tu hermano y punto final. Yo sé que le va a ir muy mal después que salga de nuestro reino, pero no es problema mío", dijo Tatic Mamal.

"Yo sé, padre. Pobre de él y su familia", respondió Shínula.

"Ya voy a tratar de no ir con los cashlanes a tomar", contestó Nicolás.

"¡A propósito, padre! ¿Cuándo vamos a regresar a nuestro reino? Ya va para un mes que nos venimos. Dijiste que Nicolás va a estar con nosotros solamente un año", le preguntó Shínula a Tatic Mamal un poco desesperada.

"En dos días nos vamos, hijita. Sí, sí es cierto que Nicolás solamente un año estará con nosotros, solamente le faltan ocho meses para que ya regrese a su casa. Llegando a nuestro reino voy a mandar a tu hermano Shánhuinic que vaya a una misión cerca de Petalcingo, al cabo ya se recuperó de sus heridas", le dijo el anciano a Shínula.

"¡Eso me suena excitante padre! Y yo también quiero salir un día viernes al mediodía con 14 de tus más leales muchachitos. Quiero salir a echar una vuelta con ellos, quiero ir a la caída de agua Shayantz", dijo Shínula.

"¡Ay, mis duendecillos! Ya los extraño, son bien leales conmigo", respondió Tatic Mamal.

Mientras Nicolás desesperado buscando cómo llegar con ellos, ya que ya tiene algunos minutos por decirlo así que se alejó, pero debido a que se concentró demasiado, o quién sabe exactamente qué es lo que le está pasando, hay momentos que sí siente que está con su cuerpo y la multitud de gente en esta zona del desastre se lo impide filtrar entre ellos. Toda esta multitud de gente no ven a estos fantasmas rescatistas, ni escuchan sus diálogos, pero ellos sí. Por eso es que de repente vemos personas flotando cuando ellos se acomodan a darles la mano.

Nicolás ya se encuentra entre Tatic Mamal y Shínula. Se sacude su ropa y limpia su cara sucia respirando muy agitado. Tatic Mamal le pregunta dónde se había ido y lo regaña. Shínula también le llama la atención para que ya no vuelva a desobedecer a su padre.

"No podías concentrarte debidamente antes de comenzar nuestro viaje, Nicolás, y debido a eso, a cada rato te sientes pesado, porque piensas que estás en tu cuerpo, pero no es así; únicamente tu otro yo anda por aquí. Por el momento olvida tu asqueroso y borracho cuerpo. En su momento oportuno tu cuerpo recobrará su vida nuevamente", le dijo Tatic Mamal a Nicolás.

"Sí, Nicolás. Ya pronto tu espíritu va a estar en tu cuerpo, pero mientras tienes que colaborar en lo que se ofrezca", le dijo Shínula un poco conmovida.

"No sé qué me pasa. Me siento muy raro. La vez anterior que venimos me sentí lo mismo, pero no tanto como ahorita, y esa vez sólo tembló la tierra, no entró agua hasta en los pueblos, ni tanta muerte hubo como ahora", le respondió Nicolás a Shínula súper asustado y no podía hablar bien.

"Te entiendo perfectamente bien, Nicolás, pero esta vez no podías liberarte de tu cuerpo. Sí, yo vi cómo te esforzabas a entrar en transición", dijo Shínula.

"Mira que pájaros tan grandes andan volando sobre nosotros. ¿Y por qué chillan tan feo? Y también esos carros andan chillando", le preguntó Nicolás a Shínula.

"Ya te explicó mi padre que son la fuerza aérea del gobierno. Esos que andan volando son helicópteros y los que
chillan son las ambulancias, bomberos, patrullas, y los demás son socorristas y voluntarios", le explicó Shínula a Nicolás.

"Nunca he visto en Petalcingo tantas cosas como aquí y
tampoco he visto tanta gente llorando por las calles", contestó Nicolás sollozando.

"Ya déjate de lamentos, Nicolás, y vamos a ayudar aquellos que no pueden moverse", le ordenó Tatic Mamal a Nicolás.

En seguida entre los tres levantan a un hombre demasiado gordo que se dedica al deporte llamado sumo y lo llevan
directamente al carro de la ambulancia. Todo el tumulto de
personas que se encuentran allí obviamente se quedan asom-
brados, piensan que este señor japonés gordo está utilizando
sus fuerzas mentales para levantarse solo, pero no es así, es
Tatic Mamal y sus dos ayudantes lo han hecho esta maniobra
increíble.

Los ruidos que producen todos estos transportes como
aviones, helicópteros y ambulancias y gente en general, lo
han tenido a Nicolás casi muerto de miedo durante todo el
lapso que llevan dentro del área del desastre. Pues no es para
menos el pánico y desgracias que han provocado las raíces
de Tatic Mamal. Y sigue temblando pero ya más quedito.
Poco a poco las gigantescas olas del mar que habían invadido las zonas residenciales, se han alejado por completo. Sólo

las montañas de escombros de casas destruidas han quedado,
y entre esos escombros quizás miles de personas han quedado atrapadas, nadie sabe con exactitud cuántas personas han
muerto y mucho menos los que se desaparecieron por completo. En fin, todo es caótico, todo mundo está confundido,
desesperados, preocupados, llorando por sus seres queridos
que han perdido para siempre.

La gran pieza metálica de oro que se asomaba en la superficie submarina ya dejó de vibrar y radiar chispas eléctricas. Obviamente, del movimiento sísmico sólo se sienten
sus leves réplicas, pero sus consecuencias lamentablemente
es incalculable que pasarán años para recuperarse.

Científicos de todo el mundo, personal de investigación
sismológicos y otros medios andan explorando incansable-
mente para encontrar las causas exactas de este fenómeno
basándose de sus más sofisticados instrumentos. Pero sólo se
enfocan sobre los fenómenos de la naturaleza que producen
estos efectos. Sí alguien les hablara acerca de la existencia
del misterioso personaje Tatic Mamal, serían estupideces
para ellos, se reirían de la persona que se atreviera a hablar
acerca de este singular viejo. Dirían que está loco, que no
sabe lo que dice. Pero son ellos los que no saben. Existen
tantas cosas que ocurren entorno a uno, que uno nunca se
da cuenta. Sólo es cuestión de creerlo y tener en la mente
siempre como creyeron mis antepasados.

Bueno, en este momento Tatic Mamal le advierte a su
hija y a Nicolás que ya se remonten nuevamente al pasado, muchísimos años atrás. Un viaje hacia el pasado quizás
cuando en estos lugares del desastre estaban despoblados, o
quizás con unas cuantas casitas y calles de terracerías. Así

pues, después de estar ellos en esta zona dañada, ya se disponen a regresar, pero antes Nicolás le pide a Tatic Mamal que
lo dejara ver una linda sirenita que había visto en el mundo
submarino llorando por lo que había pasado y sus múltiples
fracturas que había recibido.

"Antes de irnos quiero ver cómo se encuentra una muchacha bien bonita allá bajo del agua, Shínula. Estaba llorando por mí", dijo Nicolás.

"¿Pero estás loco o qué? Esa muchacha bonita que dices,
sólo es una sirena y vive como los peces y se alimenta de los
peces crudos, pero no estaba llorando por ti ", le respondió
Tatic Mamal.

"Nunca podrás andar entre ellos tú solo. Nunca has tenido capacitación para ejercer tus habilidades espirituales.
Acuérdate que sólo te inclinas hacer cosas no lucrativas, de
eso ya te lo hemos repetido millones veces. Tu cerebro no
responde debidamente ninguna información positiva. Así es
que ya no vas a ningún lado, y ya prepárate porque en breve
emprenderemos el viaje hacia nuestro reino", le dijo Tatic
Mamal a Nicolás.

"¿Ahora a dónde nos vamos, señor Tatic Mamal?", preguntó Nicolás.

"A nuestro reino", dijo Tatic Mamal.

"A nuestro reino dice este anciano loco. Su reino de él.
Mi reino es Petalcingo", dijo Nicolás entre dientes.

"¿Qué dijiste?", preguntó Tatic Mamal.

"Nada, señor. Estoy hablando yo solo", contestó Nicolás.

"¡Aaaahh!", exclamó Tatic Mamal.

"Oiga, señor Tatic Mamal. Todo ha desaparecido. ¿por qué? Y solamente existen unas cuantas casitas viejitas con pocas personas y todos andan bien, como que no ha pasado esta tragedia que acaba de pasar", preguntó Nicolás bien asombrado.

"Porque ya hemos regresado al pasado muchísimos años atrás. Yo te dije desde un principio que todo lo que ibas a ver es lo que va a ocurrir en el futuro, en el año 2011", le explicó a Nicolás.

"No entiendo lo que ha pasado", respondió Nicolás.

"Nunca entenderás. Cierren sus ojos... uno, dos y tres, vámonos", dijo Tatic Mamal.

Al instante desaparecieron del lugar del desastre, y como dijo Nicolás, no hay indicio alguno de lo que estaba ocurriendo. Las aguas del Pacífico están tranquilas, las pocas casas y los pocos habitantes, todo está en orden. Sólo fue una premonición colectiva ocasionada por Tatic Mamal. Esto ha sido una de sus más locas aventuras de Nicolás en el mundo insólito de Tatic Mamal y la diosa Shínula. Ahora regresemos con ellos para ver qué va a ocurrirle a Nicolás nuevamente dentro del cerro de Ahkabal-ná.

Al instante, los tres cuerpos sin vida que habían dejado abandonado, recobran vida nuevamente y aparentemente, pero en realidad, sólo el cuerpo de Nicolás podría estar allí. Tatic Mamal y Shínula de por sí son fantasmas. Así pues, han recobrado vida los tres. Pero Nicolás ha quedado inmóvil. Shínula por más que trata de levantarlo para que se pare no lo logra, sigue estando en el profundo sueño hipnótico producido por Tatic Mamal. Shínula un poco preocupada le pregunta a su padre acerca de él.

"¿Qué vas hacer ahora? No puede despertarse", dijo Shínula.

Pero el Tatic Mamal riéndose le contesta, y le dice a su hija que sólo es un agotamiento ocasionado por el sobre esfuerzo que hizo al liberarse de su materia y también por todo lo que vivió en la zona del desastre. Puesto que él nunca había experimentado fuertes impresiones en su vida. Sus únicos impresiones fuertes que ha tenido en su vida es cuando muere algún caballo en su pueblo, entre cinco o seis personas lo llevando arrastrando a la orilla para que allí se pudra. Entonces el anciano vuelve hacer otro gesto de burla y ordena a 20 de sus más fieles duendecillos para que le echen agua a Nicolás para despertarlo.

Al instante corren carcajeándose de gusto los condenados duendecillos y van a traer agua bien sucia y bien fría y le echan al pobre de Nicolás. Y dicho y hecho, al momento se despertó sobresaltado y desorientado. Su mirada vaga, y tratando de recordar dónde se encuentra ahora ya que todavía se acuerda vagamente de las escenas del desastre allá en Japón, y se acuerda cómo levantaban a una señora gorda que no podía pararse.

"Ohhh!" dijo Shínula sorprendida, "ya se despertó".

Tatic Mamal dijo que no hay tiempo mortal que perder. Son las 10:30 de la noche y ya están llamando a gritos los fieles tzeltales en sus ceremonias.

"Sí, padre! Yo oigo las súplicas de las muchachas", dijo Shínula. "Ellos han estado invocándonos con toda su fe y alma igual que hace cientos de años, padre. Hay que ir con ellos inmediatamente para consolarlos", volvió a decir Shínula.

A Nicolás lo van a desintegrar nuevamente de su cuerpo, porque lo van a llevar con ellos en esas apariciones ante esa multitud de participantes congregados en la cima montañosa del cerro del retiro, donde cientos de años han venido otras generaciones celebrando la misa en honor a estos dioses para que se vean convertidos en cashlanes y shínulas algún día.

La razón por la cual van a llevar a Nicolás, es para que se dé cuenta con sus propios ojos los sacrificios que han venido haciendo su gente, ya que él nunca ha participado con ellos, pero esta vez estará como un distinguido visitante. Él va a presenciar el acalorado rezo que hacen los candidatos a cashlanes, mirando nada más sin poder hablar con ellos, su espíritu ha quedado despojado de su humanidad nuevamente.

* * *

Ceremonias de los Tzeltales

Capítulo 13

S on las 10:55 de la noche. En este sagrado lugar de las invocaciones y, exactamente en el punto de convergencia donde nuestros tatarabuelos levantaron e inclinaron sus rostros para suplicarle a sus dioses de lo mismo que hasta hoy se hace, han venido la misma cantidad de personas igual que en esos tiempos. Y la misma cantidad de veladoras encendidas sobre esta piedra plana emitiendo su lúgubre y débil luz en la oscuridad. Y con esta luz opaca y amarillenta esperan a sus dioses.

El viento enfurecido sopla y azota. Crujen las ramas de los árboles. Esto quiere decir que en cualquier instante van a aparecer estos fantasmas. Tatic Mamal y su hija la diosa Shí-nula, dioses de la mitología Tzeltal, ya están súper excitados por estas plegarias, invocaciones, rezos y suplicaciones que le están haciendo desde hace ya algunas horas esta multitud congregados en esta cima montañosa. Así es que en verdad son escuchados y vale la pena que sigan viniendo a rezarle a estos siniestros personajes, diría yo, que aparentan ser de carne y hueso.

En esos momentos todavía se encuentran en su reino pla-ticando con movimientos de desesperación. Cada instante que pasa sienten la ansiedad de estar ya con sus adeptos. Por eso es que ellos mismos han reconocido que gracias a la fe alimenticia que reciben de sus seguidores ellos tienen vida y poder. Sí, nadie hubiera dicho o inventado tales ocurrencias, tal vez no existieran estos seres o quién sabe. Así pues, ya sólo faltan segundos para que ya hagan su presencia ante ellos, y Nicolás va a estar allí su alma con ellos, para que tenga que testimoniar algún día con su gente y afirmar que sí existen estos seres.

"Tranquilízate, hijita! Te veo muy nerviosa", le dijo Tatic Mamal a su hija.

"¡Aaay, padre! Cómo lloran por mi esas muchachas. Me acuerdo que una vez hasta me besó la mano y en el cachete derecho una de tantas muchachas que han asistido a las cere-monias que han hecho a nuestro honor", dijo Shínula.

"Yo sé, hijita! Tú me platicaste de eso, pero eso sucedió hace 217 años", le respondió Tatic Mamal a su hija.

"Hay que estar ya con ellos, padre. Ya están súper desesperados", dijo Shínula.

"Sí. Claramente escucho sus cantares a gritos, lo están haciendo con mucha devoción igual que sus tatarabuelos hace 177 años. Me acuerdo que una vez empezó a llover bien fuerte y con mucho granizo ni así suspendieron sus invocaciones. Son tan fieles y entregados a sus peticiones", le dijo Tatic Mamal a Shínula.

"Por eso vamos a llevar a Nicolás con nosotros, para que se dé cuenta cómo se logra una meta, ¿verdad. padre?", le dijo Shínula a Tatic Mamal.

"Perdón, señorita Shínula, soy un estúpido que sólo vive por vivir, pero ya lo estoy comprobando todo en carne propia que sí en verdad existen. Si supiera leer y escribir, escribiría un libro de cuentos algún día, pero sólo soy un burro y borracho", respondió Nicolás.

"Ya deja de hablar tonterías como tú mismo has dicho y prepárate a escuchar los cantares de tu gente. Ahorita mismo nos trasladamos a la sede de sus invocaciones y vas a ver con qué amor y fe nos imploran", le dijo Shínula a Nicolás.

"No hace falta que te esfuerces, Nicolás. Veo que tonto, tonto no eres. Tienes algunas ideas qué significa ser seres humanos, y no hace falta que escribas un libro si pudieras, yo te voy a dar uno cuando salgas de mi reino. En ese libro está escrito todo lo que va a pasar en tu pueblo. Bueno es tiempo de irnos allá con ellos, y no vayas a querer hablar porque no te van a escuchar y sólo te arruinarías. Solamente nosotros tenemos la facultad de conversar con ellos, así es que quietecito, ¿eeeh?", le dijo Tatic Mamal a Nicolás.

Al instante, de la nada, absolutamente de la nada, de repente aparecieron ellos ante la multitud, tal como he venido hablando a través de estos libros, que de generaciones en generaciones han venido los tzeltales invocando a sus dioses para que se vean convertidos en verdaderos cashlanes y shínulas.

La misma emoción de siempre, esos lloriqueos, gritos y chifladeras por parte de la gente. Obviamente sus dioses sienten tantas satisfacciones y a veces hasta se materializan aparentando ser seres humanos de verdad. Se ven tan reales que hasta les estiran la mano para saludarlos y ellos responden de la misma manera como son tratados.

En ese instante ha empezado a hablar Shínula. Al momento han quedado callados los participantes para escuchar las palabras bien articuladas que sale de la boquita de esta niña hermosa. A un lado de ella está Tatic Mamal escuchando lo que ha empezado a decir su hija. Los mismos mensajes de hace muchas generaciones. Los mismos consuelos y promesas de siempre. La gente ha venido con mucha devoción, miran y escuchan a sus dioses con mucha atención. La diosa Shínula entre más acalorada y emocionada tiene a su gente más énfasis le pone a su mensaje, como ya hemos hablado de ella en numerosas ocasiones. Esta muchacha rubia de ojos azules se comporta tal como una verdadera persona parada ante ellos y bien vestida a la moda actual. Ella está luciendo un vestido color rojo escotado y unos zapatos color negro que la contrastan muy de acuerdo a su figura y color.

El gran Tatic Mamal siempre se viste de ropa ya obsoleta, e inclusive, en ocasiones trae túnica como los personajes de otras épocas. Así pues, éste acalorado y nutrido mensaje de consuelo que está siendo transmitido por Shínula, ha llegado a su fin y ahora le toca a Tatic Mamal hablar. Pero antes de abrir su boca, tose tres veces como para calentar sus cuerdas vocales, y queda mirando fijamente a algunos de sus adeptos que lo miran a él también con mucha atención, y hace gestos de estar muy contento y dice "mmh hh", y al momento empieza a transmitir su mensaje también de la misma manera como lo acaba de hacer su hija, ni más ni menos como un tipo bien estudiado y con mucha ética para envolver a la gente.

Sus seguidores están que estallan de sus acalorados gritos de emoción. Algunas muchachas hasta se desmayan de exceso de alegría ante su adorada diosa Shínula. Mientras en una esquina del pequeño escenario de piedra y entre muchas veladoras encendidas, se encuentra Nicolás, parado y sin decir nada. Aunque hablara no sería escuchado ni visto por la gente, porque solamente su fantasma está presente ante la concurrencia. Pero él sí, está mirando y escuchando todo el acontecimiento ante su vista. De repente quiere hablar y hace sus sobre esfuerzos para poder transmitir a la gente algún mensaje, pero solamente son escuchados sus agudos pujidos, y la gente piensa que es el anciano que lo produce estos sonidos no deseables. Shínula y su padre sí lo pueden ver y lo callan al pobre de Nicolás por impertinente. Le advierte que si sigue intentando querer participar en esta comparecencia, ya no podría regresar a su cuerpo.

Nicolás, mejor se dirige donde está la gente. Él sí puede andar entre la multitud sin ser visto y se para entre ellos y escucha a Tatic Mamal y a su hija hablando con la gente. Él se ha quedado asombrado desde el instante que los dioses lo despojaron de su mortal físico para que asistiera con ellos.

El fantasma de Nicolás como que no cree todavía lo que está viendo y escuchando por parte de la gente de su pueblo, ya que no le ha puesto atención a las pláticas de la gente quienes durante toda su vida han participado en dichas ceremonias en honor a sus dioses para que los conduzcan a la civilización algún día sin hacer tanto esfuerzo.

Así pues, está tan sorprendido y emocionado a la vez que hasta grita y aplaude también a Tatic Mamal y a Shínula como ellos lo están haciendo. Aquí es donde debió estar Nicolás desde un principio de su existencia, y no hasta ahorita que fue despojado de su cuerpo para venir a atestiguar tales acontecimientos ancestrales. No hubiera tenido que dejar su cuerpo dentro del cerro para venir a participar en esta nutrida ceremonia en honor a estos distinguidos y extraños personajes. Pero para él sólo eran puros chismes de lo que escuchaba de la gente en Petalcingo; muy lejos estaba de imaginar que un día estaría entre los participantes de estos extraños rituales en esta cima montañosa en plena oscuridad de la noche, porque "Ketik-u", o sea la luna, todavía no salía a iluminar.

En nuestra cultura así le manifestamos nuestro respeto, cariño y agradecimiento a la luna, diciéndole: "Kmetik", que significa en nuestro Dialecto: "Abuelita o Madre". Madre Luna o Abuelita Luna. Al sol le decimos: "Tatic Tkatkal", algo así como abuelo o anciano lumbre.

Así pues, Nicolás es testigo ahora de lo que su gente ha estado haciendo. Y tienen razón de hablar tanto de sus inciertos dioses, quienes se van a hacer cargo de sacarlos de su mundo de ignorancia. Estos son los sueños y sentimientos de los antiguos tzeltales de Petalcingo, que se han transformado en la más apasionante y loca aventura en el mundo enigmático de estos extraños personajes.

Ya llevan 45 minutos, tiempo mortal, estas personas con su acalorada manifestación de agradecimiento por haber venido los dioses a entregarle una vez más su consuelo y promesas como en otros tiempos. A gritos, chifladeras y lloriqueos de tanta emoción que despiden a sus queridos dioses, que ya faltan únicamente dos minutos para las doce de la noche y que se vayan a su reino.

Mientras llega el momento de su partida, ellos siguen hablando con la gente, y la gente responde jubilosamente, ya que estos señores hablan categóricamente tales como abogados, políticos u otra gente de mucha preparación.

Por lo tanto, esta gente ha quedado complacida como siempre, e influenciados. Ellos no tienen otra cosa de qué hablar y esperar más que de su brillante futuro algún día. Así pues, esta enloquecida misa nocturnal en la montaña, está a punto de terminar ya, y ahorita sólo faltan unos segundos para la medianoche para que los dioses se retiren a su reino, ya que los demás fantasmas lo están esperando.

Pero mientras tanto, el espíritu de Nicolás está bien atento presenciando todo lo que todavía está ocurriendo allí. Está tan asombrado que da unos suspiros, talla sus ojos, su cuello y acaricia su sombrero, según él, pero sólo es su fantasma. Él piensa que tiene vida invisiblemente, flota y traspasa sin ningún esfuerzo todo objeto. Él mismo ha reconocido que se siente raro flotando y atravesando las personas.
"Hasta mis tíos y tías están aquí. Y esa señora Rosa quiere

ser shínula también, pero ya está viejita. Y todos han venido para rezarle y pedirle a mis patrones un milagro, ¿será que en realidad van a ser cashlanes? ¿Pero cómo?", se preguntó Nicolás.

"Pero lo cierto es que hasta mi abuelita María Rosa me platicaba todas estas invocaciones y ritos a la niña Shínula y a su anciano padre don Tatic Mamal. Pero yo qué le iba creer, tan mentirosa que es. ¡Fuff! Ya me dio calor. Ni cuenta se han dado ni se van a dar que estuve entre ellos en esta ocasión. Tiene razón este viejo. Tantas veces me han invitado para que yo asista con ellos en estos ritos y siempre me he negado. Pero peor todavía si me hubieran dicho que hay que estar aquí titiritando de frío en la medianoche y en la oscuridad. Hace ratito sentía bastante calor y ahora sí en verdad ya estoy titiritando de frío", terminó Nicolás hablando él solo.

"Muchachos y muchachas. Muchas gracias por venir, gracias por seguir cumpliendo con sus compromisos establecidos por sus antepasados. Ellos nos adoraron con mucha fe y esperanzas de que un día ese sueño será cumplido. Ellos ya están muertos, pero ellos dejaron este camino establecido el cual ustedes tienen que seguir como lo están haciendo hasta hoy. Y gracias a esa fe que tanto nos tienen, nosotros existimos y casi somos mortales. La prueba está que hasta nos saludamos con un fuerte apretón de manos y un fuerte abrazo", les dijo Shínula a la multitud.

"Sí, muchachos. Lo que acaba de decir mi hija es verdad. A veces nos materializamos demasiado para sentir en carne propia lo que ustedes sienten, porque ustedes son nuestro alimento, y por lo tanto, queremos ser tan palpables como ustedes y poder atenderlos como se merecen. Todos sus es-

fuerzos serán recompensados señores. A través de sus generaciones venideras, poco a poco irá avanzando la transformación que tanto han soñado. Los antiguos tzeltales, quienes
tanto creyeron en nosotros serán glorificados", terminó explicando Tatic Mamal.

"Así es que mis tíos y los otros se alimentan de las promesas de estos dioses. ¡Aaahh!, pero debo hablar más despacito porque estos señores como que adivinan el pensamiento
de uno, y son capaces de escuchar lo que yo estoy diciendo,
ya los conozco. Increíble pero es cierto. Tatic Mamal los va
a transformar en cashlanes a mi gente", así termina diciendo
el fantasma de Nicolás con él mismo.

"No lloren, muchachas. Muy pronto estaremos aquí con
ustedes nuevamente, sólo tengan algo de paciencia. Pero
por favor, tranquilícense, no las quiero ver más así. Si nos
marchamos de aquí es porque los compromisos de papá con
otros seres en otras dimensiones, ya está por encima de nosotros. En nuestro reino en breves instantes despertarán todas las almas en reposo, y por lo tanto, por ningún motivo
no debemos ausentarnos durante el lapso de transición. Así
es que hasta pronto, muchachas". Se despidió Shínula de su
gente.

"Ustedes ya nos conocen, muchachos, entre más realce le
dan a sus invocaciones más nos intranquilan. Nos sentimos
muy halagados y atormentados a la vez por sus cánticos, sus
rezos y alabanzas que hacen en nuestro honor. Así es que no
se preocupen", terminó diciendo el Tatic Mamal.

"¿Así es que ya nos vamos? ¡Ah, qué bueno! Porque ya
quiero estar dentro de mi pellejo, no me gusta andar como

ellos y como esos que lo esperan en su reino. Todavía no estoy muerto para andar como alma en pena. Si ando invisible es porque el viejo me ha sacado de mi cuerpo, pero me doy cuenta muy bien de todo como me trae el mentado Tatic Mamal. Él hace conmigo todo lo se le ocurre. Ni modo, no hay manera de cómo liberarme de él, estoy en su reino, me aguantaré, como me dijo la serpiente Shánhuinic. Y hablando de esa serpiente loca que la llevé al cerro, no la he visto, ¿qué habrá pasado con él o con ella? Quién sabe", dijo Nicolás.

Después de esta comparecencia de aproximadamente una hora de duración en la cima montañosa con ellos y dejarle a ellos el profundo mensaje de consuelo y promesas, se trasladan al reino de la diosa Shínula. Así como de la nada aparecieron ante la gente, así se han desaparecido de un abrir y cerrar de ojos, exactamente igual que en otras ocasiones y en otras épocas.

Al instante ya están en el interior del cerro, o sea el reino de Tatic Mamal. Sólo faltan escasos segundos para la medianoche, obviamente los espíritus tienen que recobrar vida para que puedan convivir y disfrutar de sus vidas llenas de placeres.

Obviamente, el campanero debe de estar ya en su incómodo y estrecho lugar, pero todavía no está, quién sabe qué le habrá ocurrido, y eso le irritó mucho a Tatic Mamal.

El espíritu de Nicolás ya entró en su cuerpo, ya ha recuperado su vida y se encuentra parado, bien espantado junto al anciano escuchando lo que le está diciendo al Tullido Campanero. Tatic Mamal le grita bien enojado, pero no hay señal de Tullido. Por ahí en un rincón oscuro donde apenas se ve su silueta, se encuentra él maldiciendo a los que no pudo matar cuando él estaba vivo. Él sabe que no puede descansar en paz esta sombra maligna. Tiene razón. A las personas que mató y sus familiares, viven maldiciendo después de años de estar muerto. Por eso es que se siente atormentado y hasta escucha sus angustiosos lloriqueos, lamentos y maldiciones. Según los relatos o suposiciones de la gente, una fuerte maldición de la viuda de una de sus víctimas que sufre mucho junto con sus hijos, es la que a cada rato se queja y lanza tales maldiciones y que una de esas maldiciones le llegó tan fuerte al tullido que de repente sintió un mareo fuerte y lo tiró de su lugar. Obviamente cuando llegó Tatic Mamal con Nicolás, no estaba.

Y casi ya es hora de los fantasmas, y él todavía está maldiciendo de su atormentada existencia espiritual en este santo recinto de Tatic Mamal.

"Me siguen maldiciendo esos perros mugrosos. Ellos viven todavía, cómo no tengo vida para ir a matarlos ahorita mismo. Sólo soy un maldito despojo de aquel temible asesino de Petalcingo. Me acuerdo como me divertía cuando les rociaba sus cuerpos a balazos esos indios mugrosos y a ese maestrito. Pero ya no puedo. No tengo otra alternativa que aguantar a ese maldito anciano Tatic Mamal, ya me anda buscando para ir a tocar esa maldita campana, ya es hora de despertar todas las ánimas en reposo. Y para mí, ¿qué? ¿Nunca va a ver un reposo? Porque sabe ese viejo que sí me devuelve la vida por una hora, soy capaz de ir a Petalcingo a despachar los que se quedaron pendientes", así seguía maldiciendo Tullido hasta que fue localizado por el Tatic Mamal.

Pero ni siquiera se imaginaba cuál iba ser la reacción del jefe por no encontrarse en su lugar de trabajo. Tan pronto que lo localizó, lo agarró de los pelos quitándole el viejo paliacate que siempre trae puesto y lo llevó arrastrando hasta donde estaba la campana, y lo aventó como un balón de futbol hasta en su lugar de siempre, a un lado donde está colgada la campana.

"¡Aaay, yayayay! ¡Ya no me arrastres, maldito viejo! ¡Ya voy a tocar tu maldita campana, pero déjame que me vaya solo!", así gritaba Tullido en el transcurso de su arrastre.

"¡Ya cállate, animal! Un monstruo como tú no merece buen trato", le respondió Tatic Mamal.

"¡Juh! Para que se le quite ese perro asesino, qué bueno que lo trate así, señor", dijo Nicolás con los ojos desorbitados.

"Eso y más merece", le contestó Tatic Mamal.

"¡Ya cállate el hocico, indio mugroso! Cómo no te maté en la primera visita, desgraciado, no estuvieras aquí mirando mi desgracia", le dijo Tullido a Nicolás bien enojado.

Son exactamente las doce de la noche. Tullido ha cubierto su cabeza nuevamente con su paliacate y ha empezado a dar sus tres campanadas. Tatic Mamal truena sus dedos de la mano derecha y al instante los fantasmas empiezan a moverse corporalmente y a disfrutar todo.

* * *

Shánhuinic, El Hombre Serpiente

Capítulo 14

Como siempre, todos los fantasmas aparentemente están disfrutando todo adicto en que fueron sometidos
en vida. Adictos al alcohol, tomando nuevamente a
grandes chupetes, adictos al tabaco, fumando hasta morir si
en verdad tuvieran vida y los tragones hasta vomitar, pero es
pura pantomima.

Los que bailaron a cachetitos y a cartones de cerveza aparentemente están haciendo de nuevo. Y los demás con los
suyos, pero nadie queda sin hacer nada, excepto el espíritu

de Tullido que nunca tiene descanso, y mucho menos probar todo lo que está disponible para los otros.

Nicolás no se cuenta, él es mortal aún. Aunque anda entre ellos, pero todavía tiene vida y tiene que recordar estos acontecimientos después que salga de aquí. Pero, ¿cuándo va a salir de este cerro? ¡Quién sabe!

Shínula ya anda elegantemente vestida como si fuera una estrella de Hollywood, pero simplemente es la hija del anciano Tatic Mamal, espíritu del cerro de Ahkabal-ná. Nicolás ha quedado con la boca abierta y da unos suspiros profundos fuera de control por la repentina aparición de ella bien arreglada. Hace ratito que regresaron de la ceremonia ritual en honor a ellos por parte de sus adeptos no estaba así, por eso es que él se ha quedado tan sorprendido y acariciando sus pocos bigotitos y barbitas. "¡juhm!", suspiros de Nicolás.

La orquesta sinfónica fantasma deleitan con sus cadenciosas notas musicales a su público. Dentro de este establecimiento, la fiesta de esta noche se está llevando a cabo a su máxima capacidad igual que en todas las ocasiones. Tatic Mamal se sienta al frente de un viejo y bien destartalado piano y prepara sus largos y huesudos dedos para tocar el instrumento también y así amenizar más a la concurrencia. Nicolás sin despegarse de ellos y muy repegado al lado derecho de Shínula, sigue suspirando emocionadamente por ella, olvidando las antiguas instrucciones de Tatic Mamal de que por ningún motivo no debe mirar fijamente a los ojos de los fantasmas. Supuestamente no debe haber una excepción. Shínula no es una mortal aunque lo aparenta ser, por eso es que Nicolás se siente atraído por ella.

El público queda maravillado por la ejecución musical de Tatic Mamal. El piano emite de sus descarapeladas teclas notas tan extrañas compaginando con la lúgubre iluminación que hay dentro del supuesto escenario. En sí, todo parece un sueño con mucha pesadilla, o un sueño en el estado despierto. Pero en realidad, es el mundo insólito del señor Tatic Mamal que hemos estado hablando. El único supuesto mortal que anda en esta dimensión de la vida después de la muerte, es Nicolás. Es el único que anda entre ellos de un lado a otro, aquí o allá dondequiera, y en cualquier locación que va Tatic Mamal, y si es necesario ser separado el físico de su alma para poder trasladarse, el anciano lo puede hacer, y, ¿quién puede decir que no? Ni quien aboga por él, nadie. Nicolás está en el reino de ellos. Hay momentos en que aparentemente se ve el obligado a pellizcar su sombrero por los nervios o cuando se emociona demasiado, solamente él sabe que es exactamente lo que siente.

En ese momento todo mundo está entretenido divirtiéndose, inclusive hasta el mismo anciano y su hija y hasta Nicolás, ¿por qué no decirlo? Ya se ve un poco sereno. Sólo que de pronto se resbaló su morral de su hombro derecho donde él acostumbra traerlo y se agacha torpemente para recogerlo y empuja a Shínula. Pujó él y le hizo pujar también a Shínula. Esta incidencia cometida por Nicolás no implicó ningún resultado negativo contra él, o será porque no lo hizo a propósito. Pero cuando se para ya con el morral puesto en su hombre, quiere seguir divirtiéndose, y algo ve entre los bailadores y se ríe a carcajadas que lo sorprende a Tatic Mamal y a Shínula. Y en ese preciso instante sus ojos se abren más de lo acostumbrado y se queda paralizado y frío al ver una manada de duendecillos que venían hacia él.

Nicolás pensó que venían para asesinarlo a cosquilleadas, pero no es así, entonces quiso correr hacia algún lugar donde podía estar a salvo. Tatic Mamal seguía tocando su piano y Shínula lo agarró del brazo izquierdo a Nicolás para que no se fuera.

El pelotón de 300 duendecillos que venían formados hacia él, no era para molestarlo, era porque lo traían ya escoltado al señor Shánhuinic, que ya fue dado de alta de donde estaba recuperándose de sus múltiples heridas por los machetazos que recibió en el camino hace nueve meses a la fecha. Esa es la misión de los duendes que trabajan para Tatic Mamal. Shánhuinic ya está bien recuperado. Shínula le dice a Nicolás que los duendes han traído a su hermano. Nicolás se alegra y da un brinco diciendo: "¡Aaah, qué bueno que ya voy a ver a mi amigo Shanhuinik", dijo Nicolás.

Dicho y hecho. Venía Shánhuinic entre los 300 duendes que lo traían bien escoltado como si fuera un político. Los duendes sólo cumplen con su trabajo como cualquier trabajador sometidos bajo las órdenes de su amo Tatic Mamal, y por lo tanto, siempre son enviados para una misión especial, y si tienen que ejecutar a ciertos sujetos, lo tendrán que hacer. Pero en esta ocasión sólo fueron ordenados para escoltar al señor Shánhuinic, el que era serpiente encontrada herida en el camino por Nicolás, el otro hijo de Tatic Mamal.

Este sujeto viene luciendo un elegante traje totalmente blanco como esos artistas de moda que salen en la televisión. Sus elegantes zapatos precisamente de piel de serpiente igual a él. Su rostro casi de serpiente aunque está semi-tapado por su rubia cabellera, se alcanzan a ver sus ojos brillosos de serpiente. Este pelotón de 300 elementos de seguridad conformados por estos duendes, trabajan como verdaderos pequeños soldados disciplinadamente sometidos bajo las estrictas reglas de seguridad, pero sin olvidarse de sus locuras. Ellos se carcajean, chiflan y gritan de alegría que ya volvió a aparecer el otro amo.

También Shánhuinic resplandece su semblanza, muy seguro de sí mismo y sus ojos hipnotizantes igual que los de su anciano padre, penetrantes. Mira para todos lados como una persona normal que llega por primera vez en algún lugar, así está él en su propio reino.

La fiesta de esa noche diría yo que está a la mitad. Retumban por todos los rincones de este gran salón por los ruidos de la música y del escándalo de los presentes. Shánhuinic ya está junto a su padre y a su hermana la diosa Shínula. También Nicolás está a un lado, y hasta le brillan sus ojos de alegría por su amigo Shánhuinic, que ya lo tiene a su lado. Este siniestro personaje Shánhuinic lo salvó a Nicolás de ser llevado al calabozo cuando Tatic Mamal le iba a dictar su sentencia de muerte si era encontrado culpable por las múltiples heridas de su hijo cuando la trajo cargando. Y, pues gracias a que todavía pudo hablar la serpiente, Nicolás todavía está vivo dentro del reino de estos seres insólitos.

Nicolás medio levanta sus manos para saludarlo, pero no le es permitido todavía y se queda con las ganas, frunce la boca y frente, "oohh", mientras él desea saludarlo, Shánhuinic es abrazado por Tatic Mamal y su hermana Shínula, quienes regocijan por este encuentro.

"Qué gusto verte nuevamente entre nosotros, hermano. No sabes cuánto te he extrañado. Me sentí tan mal cuando supe que estabas al borde de la muerte y yo sin poder hacer nada por ti. Yo estaba tan lejos que nada más escuchaba tus quejidos de dolor. Papá me había mandado a ver qué estaba pasando con otros seres similares de este planeta. Ese mundo está a un millón de años de luz de distancia de la tierra tiempo mortal, y en ese momento yo estaba tan ocupada. De veras que lo siento mucho, hermano (lloriquea Shínula).Sólo venía cuando papá me necesitaba para atender las peticiones de los tzeltales de Petalcingo. Como tú sabes, cuando él no puede yo voy sola. Primero están ellos y luego los que están más allá del otro ángulo del infinito universo. Pero qué bueno que yo también ya estoy establecida aquí y ya quiero verlas convertidas en verdaderas shínulas a las muchachas tzeltales", terminó explicando Shínula a su hermano.

"No te preocupes hermanita, lo bueno es que ya todo pasó. Yo sé que siempre te has preocupado por las muchachas tzeltales, y papá por los muchachos; de eso ni quien lo dude. Y cuando se vaya Nicolás de nuestro reino papá le va a dar buena recompensa por haberme salvado la vida, y hasta le va a regalar ese libro viejo", terminó diciendo Shánhuinic a Shínula.

"¡Aaahh, qué bueno, hermano! Porque en ese libro está escrito todo lo referente del destino de los tzeltales de Petalcingo. Allí está escrito todo su pasado, presente y futuro. Todo lo relacionado con su cashlanización y estructura moderna del pueblo. Papá ha dicho que Petalcingo para el año 2100 será una ciudad súper moderna. Así es que es necesario que vayan leyendo ya ese libro de su destino", dijo Shínula.

"Los cashlanes son los que van a leer primero ese libro, porque los tzeltales todavía no aprenden a leer y escribir", respondió Shánhuinic a Shínula.

"Por eso nosotros los vamos a encaminar para que ellos también lo puedan leer", dijo Shínula.

"Así es, mi hijo, para el año 2100 todos los tzeltales se habrán cashlanizado", respondió Tatic Mamal a su hijo Shánhuinic.

"¿Verdad que me veo diferente, padre? ", dijo Shánhuinic riéndose.

"Verdaderamente sensacional, hijo", respondió Tatic Mamal.

"Pero gracias a Nicolás, padre. Si él no hubiera pasado en ese camino, quién sabe qué hubiera sido de mi vida. Yo ya estaba casi muerto de deshidratación por tanta sangre que perdí, pero gracias a él que me dio agua sobreviví, y aquí estoy, y ahorita me toca saludarlo", dijo Shánhuinic.

Pero tan ansioso estaba Nicolás de saludarlo a su amigo Shánhuinic que nada más escuchó que le tocaba a él, y se adelantó estrechándole la mano y tocar esa mano con escamas de serpiente. Pero como Nicolás ya está familiarizado a todo esto pues ya no es extraño para él. Pero aun así cuando sintió esta mano escamosa de Shánhuinic sintió un tremendo escalofrío, Shánhuinic le apretó bien fuerte la mano de Nicolás y tuvo que aguantar como si hubiera recibido una descarga eléctrica de alta tensión. Por más que simulaba no sentir nada, en su cara reflejaba la desesperación. Hasta que por fin fue liberada su mano y se sacudió su cara y todo su cuerpo que había quedado momentáneamente frío y adormecido, y hasta su sombrero se le cayó y cuando se agachó para levantarlo, su peso le ganó y se quedó hincado apoyando de su rodilla izquierda. Pero ya pasó todo. Solo fue una pesadilla para él en el estado despierto. Entonces empezó a recordar todo porqué está bastante raro su amigo. Cómo no va a estar frío si es una serpiente convertida en un hombre blanco igual que Tatic Mamal. Entonces Shánhuinic le hace una pregunta a Nicolás acerca de su silencio, pero en ese preciso instante, Nicolás todavía está presenciando y hablando mentalmente él solo. Luego que ya pudo recobrarse de todo, pudo contestarle a Shánhuinic y le empezó a platicar lo mucho que lo había extrañado.

"Yo también te extrañé mucho, Nicolás", le respondió Shánhuinic.

"Pero más yo a ti, Shánhuinic, aunque eras una serpiente loca y herida, pero yo te conocí primero. ¿Te acuerdas cuando me pediste agua? Y tú me dejaste solo con tu padre sin conocerlo y tan testarudo que es", respondió Nicolás.

"Ya todo pasó. Te lo agradezco mucho que te hayas preocupado por mí, pero no era posible que fueras conmigo donde me habían llevado. Tal como te dijo mi padre, allá no hay acceso para ningún mortal. Pero ya regresé, ya estoy nuevamente en el reino de mi padre, y, todavía estás aquí. Eso te acredita como un mortal de hazañas, y muchas gracias por salvarme", dijo Shánhuinic.

"No te entiendo, Shánhuinic, yo qué voy a saber de hazañas", Nicolás dijo.

"Olvídalo. Este vocabulario tan simple, tal vez ya no lo

alcanzarás a entender, pero tus generaciones sí van a entender, y mucho más. Es ese el propósito de mi padre y de mi hermana Shínula encaminarlos a los tzeltales de Petalcingo. Pero, platícame cuáles han sido tus experiencias de los nueve meses mortales de estar aquí", le dijo Shánhuinic.

"*Sólo ten mucho valor y paciencia.* Sólo eso pudiste decirme cuando te estaban llevando. No sé si he tenido ese valor y esa paciencia, pero aquí estoy todavía en la casa que tú mencionaste afuera del cerro", continuó Nicolás.

"¿Y estás seguro que ya tengo nueve meses de estar viviendo aquí? Yo no me acuerdo cuándo entré aquí y ni sé dónde ando. Todo esto ha sido como un sueño. Hay ocasiones que siento muy raro, que no es lo normal en mi mundo", le explicó Nicolás a Shánhuinic muy desconcertado.

"Yo sé, tú mismo lo acabas de mencionar. Este mundo es muy diferente al tuyo. En tu mundo vives entre los mortales como tú, y aquí no. El único mortal eres tú precisamente. Aquí se vive sin preocupaciones, sin torturarse, sin vivir con el tiempo específico", dijo Shánhuinic.

"He viajado mucho. Tu padre me ha llevado a lugares tan extraños y tener que aguantar todo. He andado entre gente tan extraña. Sus hablas son tan diferentes que mi lengua tzeltal, no sé si ellos hablan en cashlán u otra lengua. Quién sabe", así le respondió Nicolás a Shánhuinic.

"Los cashlanes que ustedes dicen hablan en castellano. Y la palabra cashlán no existe. Ustedes mismos lo inventaron", le contestó Shánhuinic.

"Pues yo no sé, lo que sí sé es que tu padre y tu hermana me han llevado a lugares muy lejanos, ya te dije. Es lo que han dicho que está muy lejos de aquí. La última vez que salimos dijeron que habíamos ido a Japón para presenciar el terremoto del año 2011. Eso fue lo que dijeron", dijo Nicolás.

"Muy interesante mi amigo, has viajado mucho astralmente", contestó Shánhuinic.

"¿Cuándo es eso del año 2011? No entiendo absolutamente nada. Tampoco entiendo los calendarios que tienen los cashlanes, ni los relojes", dijo Nicolás ignorantemente.

"Sólo fue un adelanto de tiempo. También conocido como premoniciones, sentir y ver lo que está por suceder. ¿Eso fue lo que pasó", dijo Shánhuinic.

"¿Entonces todavía no ha pasado? Pero si yo lo vi bien con estos ojos todo... todo lo que pasó, y lo viví. Sólo que me sentía invisible. Tu padre me decía que ellos no nos miraban pero nosotros a ellos sí. Y ellos podían cruzar a través de nosotros y no se daban cuenta", le explicaba Nicolás a Shánhuinic bien sorprendido.

"¿Te ha llevado mi padre con él a las ceremonias que organiza tu gente? Preguntó Shánhuinic.

"Sí, pero tampoco estuvo mi cuerpo con ellos. Me acuerdo muy bien que anduve entre ellos, ni cuenta se dieron", dijo Nicolás.
Tatic Mamal ordena a los duendecillos ya que se vayan. Ya están empezando con sus escándalos en el área donde lo

tienen rodeado a sus amos y a Nicolás. Mientras la orquesta fantasma seguía tocando todavía y los bailadores también seguían, en el área del comedor todavía habían muchos fantasmas haciendo pantomimas que están cenando y disfrutando la suculenta comida brindada por Tatic Mamal.

Los duendes se marchan gritando, bailando y brincando como niños traviesos. Tatic Mamal se pone a platicar con Shánhuinic nuevamente y Nicolás se hace un lado donde está sentada Shínula. Nicolás suspira profundamente y le queda mirando a ella, olvidándose que no debe mirar directamente a los ojos a ningún ser inmaterializado incluyendo a Shínula. Aunque ya ha estado con ella en muchas ocasiones, pero aun así, por ningún motivo no debe estar confundido. Estas son las recomendaciones del mismo Tatic Mamal que Nicolás debe sujetarse a las normas de esta casa. Él es mortal aún, su espíritu todavía no se ha liberado de su cuerpo permanentemente, todavía no pertenece en este mundo de los dioses. Si está aquí, es porque tiene que cumplir una misión, pero en tres meses saldrá del cerro.

Así pues, entre las pláticas de Tatic Mamal con su hijo, ya empieza a hablar de su siguiente misión que cumplir, porque Shánhuinic es el encargado de suministrar los bienes de los campesinos que se portan bien según el criterio de Tatic Mamal. Su misión es convertirse en una enorme serpiente frecuentemente y llevar en su espalda una cajita llena de tesoro hacia todos los caminos entre la montaña donde acostumbran caminar los tzeltales.

La vida de la serpiente peligra de vez en cuando; cuando anda en la misión encomendada por su propio padre, como esa vez que por poquito le cuesta la vida por andar de desobediente entre los grandes arbustos que hay entre el camino y el río. Ese día no le tocaba salir, –según la historia–, pero su curiosidad la echó al mundo terrenal. Nadie supo a qué salió, si a respirar aire fresco entre la naturaleza o a tomar las frescas aguas del río Jolpabuchil. ¡Quién sabe!

La gente platicaba que exactamente a las doce del día encontraban a esa serpiente Shánhuinic atravesada en el camino, pero que no todos los días, ni tampoco todos los que pasaban allí donde este animal rastrero se ponía la podían encontrar. No, no a todos. Decían que nada más los afortunados la podían encontrar. Pero hasta donde yo supe, nadie hablaba si en verdad alguien se hizo rico por ese tesoro proveniente de las entrañas del cerro de Ahkabal-ná. ¡Quién sabe. Solamente comentaban acerca de esta serpiente que cargaba una cajita o un pequeño baúl lleno de monedas de oro y plata. Pero los antiguos nativos de esta comunidad aseguraban que sí era cierto. Hasta mi difunto abuelo materno don Tomás Encino y mi abuela paterna doña Antonia López, me dejaban totalmente engatusado por estos relatos que estoy poniendo por escrito en este libro.

Cómo me acuerdo esas pláticas escalofriantes, endemoniadas y absurdas que me dejaban tan relajado y a veces hasta me dormía. Cierto o falso, Shánhuinic tiene vida ahora. Él vive y es tan palpable como su padre Tatic Mamal y su hermana la diosa Shínula.

Estimado lector. Disfrútalo. Únicamente concéntrate, enfoca tu imaginación cuando estás leyendo esta novela para que tú también te suden las manos de emoción o de miedo cuando veas a Shánhuinic junto a ti.

"Sí padre, ya estoy completamente recuperado", le respondió Shánhuinic a Tatic Mamal.

"¡Qué bueno, hijo! Que de tu propia boca sale la buena noticia acerca de tu salud. Me tenías muy preocupado. Estabas tan mal que ya no podía contar contigo. Tú bien sabes, hijo, que eres mi brazo derecho en estos asuntos", le explicó Tatic Mamal a su hijo.

"Sí padre yo sé, despreocúpate, mi salud ya está completamente mejorada y ya estoy dispuesto a la rutina de siempre. Nada más que a veces me confunden con otro, pero ya no volverá a pasar", le prometió Shánhuinic a su padre.

"Así lo espero, hijo. Y así quedamos desde que Nicolás te trajo cargando. Yo pensé que él te había macheteado. Discúlpame, hijo por ese mal entendimiento contra el pobre de Nicolás", le explicó Tatic Mamal a Shánhuinic.

"Sólo es un borracho, pero él no es capaz de hacerle daño a nadie", contestó Shánhuinic.

Nicolás estaba escuchando serenamente y muy atento todo el contenido de las pláticas entre Tatic Mamal y Shánhuinic. Pero cuando escuchó su nombre y con muy buenas referencias, se soltó llorando de emoción conmoviendo a Shínula que estaba al lado de él. Su corazón tan blandito que no pudo resistir esta impresión tan grande. Tal vez eran palabras que nunca en su vida alguien le había dicho y por eso le impactó muy fuerte. Shínula lo consuela acariciándole su hombro derecho y él se siente mimado como un niño sintiendo las suaves y frías manos de ella.

"Yo sé, mi hijo, por algo está entre nosotros todavía. Aunque él no desea cashlanizarse, pero ha sido leal. Por lo tanto, que esté entre nosotros hasta que termine de olvidar su incredulidad. Para eso está aquí", dijo Tatic Mamal.

Mientras Tatic Mamal le seguía dando instrucciones a Shánhuinic de que en cualquier momento va a ser necesario su aparición en el camino transportando el baúl de tesoro.

"Sí, padre, tú dirás a partir de cuándo debo empezar a salir nuevamente. Ya tengo ganas de arrastrarme debajo de los arbustos y matorrales y atrapar con mi lengua los dulces mosquitos, arañas y algunos ratoncitos para entretener a mis tripas", dijo Shánhuinic jubilosamente.

"Ya muy pronto, hijo (ja, ja, ja). Ese es mi culebrita, pero no seas tan ansioso y recuerda que aunque te veas muy serpiente, tú sigues siendo hijo de Tatic Mamal, espíritu de este cerro llamado Ahkabal-ná", le explicó Tatic Mamal a Shánhuinic.

"Y respecto a la recompensa de Nicolás, ¿tú le vas a llevar por haberte salvado la vida y traerte cargando hasta nuestro reino, o papá le va a dar desde aquí cuando salga?", preguntó Shínula a su hermano.

"No sé, hermana! Papá es el que tiene la última palabra", contestó Shánhuinic a su hermana.

"Su recompensa yo personalmente se lo voy a entregar desde aquí, él se la tiene que llevar cargando a su casa cuando ya salga de nuestro reino", contestó Tatic Mamal a Shínula.

"Qué bueno, padre, lo tiene bien ganado. Él ha andado con nosotros en todos nuestros compromisos", dijo Shínula sonriente.

Nicolás ni un sólo momento ha dejado de escuchar todas las pláticas entre Tatic Mamal y sus hijos. Pero cuando escuchó que mencionaban que de a de veras le van a dar su gratificación prometida por Shánhuinic, casi se desmaya del fuerte impacto de luz de esperanzas que va a volver a tomar su sagrado posh. Él no pensó en otra cosa que al aguardiente en vez de pensar en otra cosa más importante para su familia. Y además, éstos insólitos seres han hecho simplemente una plática, todavía no se la entregan la dicha recompensa que tampoco él mismo sabe exactamente en qué va a consistir. Pero él hasta ya lo dispone, hasta ya lo saborea y hasta se imagina que ya está en la cantina del cashlán donde él acostumbraba a embriagarse con sus amigos y donde a veces lo sacaban a patadas por no pagar la cuenta. Y en ocasiones hasta lo correteaban hasta su casa. Una vez hasta su hijo Luquitas, dos cashlanes le dieron de cinturonazos por llorar en frente de su propia casa cuando lo fueron correteando a su papá.

En su cara se le nota que ya tiene ganas de echar sus tragos de aguardiente otra vez, pero si fuera posible otra calentada también para que lo disfrute por completo, porque hasta lo paladea físicamente y mentalmente ese alcohol. Lo saborea y saborea lambeando sus labios con su lengua reseca y dientes sucios que nunca lava su boca, y mucho menos ahora dentro del cerro desde hace nueve meses tiempo mortal que llegó. Aquí no hay agua y mucho menos cepillo dental. Aquí todo es pantomima como el mismo anciano lo ha dicho.

Bueno, nuevamente ha llegado a su fin la gran fiesta de todos los días. Ha quedado absoluto silencio dentro del cerro, sólo algunos de los candelabros encendidos con poca luz, no como hace un rato en la fiesta. Tatic Mamal y sus hijos y desde luego Nicolás entre ellos, siguen discutiendo lo de Shánhuinic.

Aparentemente acaba de terminar la fiesta dentro del cerro, pero en el mundo terrenal y tiempo local de Petalcingo, son las doce del día. Es hora en que todo puede pasar en estos lugares tan místicos. Se hablaba mucho de los duendes que a estas horas también andan desparramados por dondequiera y que si alguien pisa sus huellas se desorientan rápidamente. Tal vez sí sea cierto. Mi abuelo me platicaba que un amigo suyo se perdió por pisar las huellas de un duende en la montaña.

"Ahorita Tatic Mamal le está dando instrucciones a su hijo que ya es hora de salir al exterior para cumplir con su misión, después de casi un año mortal de estar ausente. Pero para él solo ha sido una fracción de tiempo, ya que ellos no son correteados por los relojes ni por los calendarios, mientras en la mente de Nicolás siguen reflejándose algunos puntos de vista muy personal según él. Y mentalmente empieza a criticar a esta serpiente convertida en un hombre de aproximadamente 30 años de edad. Y dice, es mi amigo, pero no lo voy a estar cargando a cada rato. Le salvé la vida una vez, pero la segunda, quién sabe. Pero allá él y el Tatic Mamal. Los acabo de escuchar de sus planes, y sin duda alguna en cualquier momento va a salir esta enorme culebra para que le den de machetazos otra vez", terminó discutiendo Nicolás él solo.

"Ya es hora de prepararte, mi hijo. En el exterior es el medio día terrenal. Los mortales andan en los caminos y muy propicios para un repentino encuentro con ellos", le explicó Tatic Mamal a su hijo.

"Entiendo, padre. Yo conozco el tiempo mortal y los lugares donde debo arrastrarme con mi carga", contestó Shánhuinic.

"Vete con mucho cuidado, hermano no te vayan a confundir otra vez", le dijo Shínula a Shánhuinic.

"Descuida, hermana! Ya no volverá a ocurrir. Lo que pasó esa vez, es que yo mismo fui a poner en peligro mi vida. Atrapé un conejito bien gordito y discretamente empecé a tragar en la orilla del camino donde iban pasando unos hombres y pensaron que a ellos también los iba a tragar, rápidamente sacaron sus machetes y empezaron cortar mi cuerpo y ya no supe más. Cuando Nicolás llegó, apenas me estaba recuperando un poquito", le explicaba Shánhuinic a su hermana Shínula.

En plena plática con su familia y en presencia de Nicolás empezó Shánhuinic a transformarse en una enorme serpiente. La misma que encontró Nicolás un día en el camino a su trabajo. Y de un abrir y cerrar de ojos ya estaba tendida en el suelo con su cajita de tesoro. Tatic Mamal le amarra bien la cajita con otras culebritas moviéndolas con una varita de bambú verde. Enseguida sale arrastrándose con rumbo a los caminos entre la montaña y por toda la orilla del río. Mientras tanto, Nicolás en el interior no le daba suficiente crédito lo que acaba de presenciar. En pocas palabras, ha quedado más idiota que antes por estos extraños acontecimientos.

"¡No puede ser! ¡Ffffff! No sé si he dormido o he estado despierto todo el tiempo, pero ni estoy loco tampoco, sólo sé que estoy fuera de mi mundo, pero no sé exactamente dónde estoy y cómo estoy viviendo. Puros locos hay aquí", dijo Nicolás medio atarantado.

Toca su frente sudorosa y fría dándose una suave palpada con su mano derecha, y con la izquierda masajea alrededor de su boca. Tatic Mamal mueve su cabeza horizontalmente y un poco enfadado como diciendo qué se trae este tonto y que tanto le sorprende lo que hacemos en esta casa. Shínula le dice a su padre que simplemente está asombrado por todo lo que sucede en su contorno. Es obvio –dice–, en su mundo no suceden cosas como aquí, y por lo tanto le pide que le tenga mucho más paciencia. Mientras tanto. Shánhuinic ya convertido en un reptil, va arrastrándose despacito entre los árboles que hay entre cerros y montañas, obviamente con su cajita en la espalda y se ve que está pesada porque no puede arrastrarse bien.

Todavía no ha habido un afortunado y valeroso que se lleve el tesoro. En mis tiempos de niño platicaban que nada más miraban a la serpiente se asustaban y no se atrevían a acercarse, pero platicaban bien emocionados que sí era cierto, que la encontraban atravesada en el camino, pues quién sabe! Pero aquí lo reafirmamos que sí y le damos vida. Así pues, ya se ha arrastrado lejos de su casa y va a pasar al río donde anteriormente se encontraba con otros reptiles de a de veras y se ponía a platicar con ellos. Obviamente como se había ausentado por algún tiempo y de repente lo vuelven a ver y se burlan de él. Ya está rodeado de veinte serpientes terrenales no tan grandes como él y justamente en la orilla del río. Les platica a sus amigos la razón por el cual estaba ausente e incapacitado y por tal motivo no había aparecido en estos lugares, y que en esta ocasión está en una misión autorizada por su padre.

"Así como lo oyen, muchachos, así fue, Y fue por aquí más adelantito y como ese día no venía yo en plan de misión, no traía nada en mi espalda y tan a gusto estaba yo tragando un conejito que me lo atrapé, y en ese momento llegaron y me empezaron a machetear. Cuando me ven con cargamento se asustan, pero ese día yo fui el que se asustó", les explicaba Shánhuinic a las otras serpientes.

"¡Ja ja ja ja ja!", se carcajearon las serpientes.

"Exactamente, ¿qué eso la que llevas en la espalda, Shán-huinic?, preguntó Lum, una de las serpientes.
"Es un tesoro que le quiere dar mi padre al que tenga valor de enfrentarme. Pero años terrenales tengo de andar cargando este baúl lleno de tesoro, y nadie se atreve a llevár-selo", le respondió Shánhuinic a Lum.

"Yo que tú ya lo hubiera dejado por la paz. Yo qué voy a andar cargando ese baúl pesado", contestó otra serpiente llamada Puy.

"Son órdenes de mi padre y se tiene que cumplir, así vi-niera yo hasta el final de nuestra misión. Y además, no va a faltar por ahí uno que tenga valor y merezca este tesoro", respondió Shánhuinic.

"¿Y cuándo es el final de tu misión?", le preguntaron a Shánhuinic.

"En el año 2100 nos vamos todos", dijo Shánhuinic.

"¿Y qué es eso de 2100, es algo que se come?", preguntó Lum.

"No. Es el tiempo establecido por los hombres de la tierra, pero me disculpan ya me tengo que ir, necesito exhibirme con mi carga a ver si alguien se anima a llevar esta cajita hoy mismo", contestó Shánhuinic.

"Buena suerte", dijeron la manada de serpientes que andan nadando en el agua en pleno día en este río de Jolpabuchil. Shánhuinic se desliza suavemente y con mucha cautela sobre las aguas teniendo en cuenta que trae la cajita en su espalda y que no se vayan a desbaratar los amarres que consisten de otras culebritas.

Cuando ya cruzó el río se sacude con su cola y sigue arrastrando por toda la orilla de un camino donde a cada rato pasan campesinos.

Cuando encontró un lugar apropiado para el propósito requerido, allí se quedó atravesado esperando que alguien pasara y que se fijara en ella. Todos los habitantes de esta comunidad sabían de esta extraña aparición en plena luz del día. Dicho y hecho. Ahí venían dos humildes campesinos, pero cuando se dan cuenta de esta serpiente se echan a correr en el monte para no pasar allí, pero ahí venían otros atrás de ellos, y estos sí intentan apoderarse de la cajita.

"¡Miren, compañeros, lo que nos está esperando! ¿Le entramos o qué? ¿O la dejamos que se vaya?", dijo uno de ellos.

"¡Es el tesoro de Tatic Mamal!", dijo el otro bien sorprendido.

"¡Sííí! Es nuestro chance ahora, pero, ¿cómo le quitamos esa cajita?" dijo el otro.

"Vayamos a cortar unos palos y matamos a la serpiente a garrotazos para apoderarnos de esa riqueza", dijo el otro.

"Buena idea, compañeros, pues manos a la obra", dijeron todos.

Pero mientras entraron al monte a cortar los palos la serpiente se fue y cuando llegaron ya no estaba. La gente platicaba que esta serpiente aparecía solamente los jueves y los viernes a las doce del día, y que solamente una persona con mucho valor y sin maldad en su pensamiento debe enfrentarse con esta, y desbaratar los amarres y llevarse la cajita llena de riquezas.

Así decían en el pueblo. Mientras en el reino de Tatic Mamal hay una conversación entre él y su hija y desde luego, el inseparable visitante Nicolás, que siempre está presente entre ellos. No sabemos exactamente de qué se trata el asunto en discusión, pero ha de ser importante. Esta conversación repentinamente es interrumpida por la serpiente que ya está en casa nuevamente y todavía con su baúl en la espalda. Pero cuando empieza a platicar acerca de su aventura de ese día, instantáneamente empieza a transformarse en Shánhuinic tomando su figura humana, aunque sigue quedando con los mismos ojos de serpiente y sus manos escamosas.

Otra vez Nicolás ha quedado casi sin respirar por la

aparición y transformación de su amigo Shánhuinic. En su escaso entender empieza a forzar su débil cerebro para poder entender un poco más estos enigmáticos sucesos. Sus intenciones de ahorita y lo que respecta a estos tan extraños acontecimientos que está presenciando, insistentemente talla y soba su cabeza para entender, pero ni así puede descubrir todos estos misterios. Vagamente empiezan a pasar cosas en su cerebro que podría ser obra de diablo, o está con el diablo. Pero como estos seres son criaturas de la otra dimensión, todo lo detectan al instante.

"No, Nicolás, no somos el diablo como tú piensas. Simplemente somos los espíritus de este cerro de Ahkabal-ná, y ustedes mismos nos han creado con su fe y creencias. Mi padre te lo ha dicho en repetidas ocasiones", le explicó Shínula a Nicolás un poco molesta.

"Padre! Yo ya cumplí con mi trabajo por el día de hoy, pero resulta que me encontré con unos mortales de poca fe, poco valor y llenos de maldad. Qué crees que me iban hacer?", le explicaba Shánhuinic a Tatic Mamal.

"Te iban a machetear otra vez", respondió Tatic Mamal.

"Me iban a matar a garrotazos. Mientras ellos fueron por los palos yo me escapé, si no lo hubiera hecho así, ahora sí Shánhuinic ya estuviera muerto con la cabeza bien apachurrada" le explicó Shánhuinic a Tatic Mamal.

Una de tantas veces y en el transcurso de tantos años o quizás de muchísimas generaciones de tanto hablar de esto, sí es que era verdad o simplemente cuentos de la gente. Entonces en una ocasión más, un día unos campesinos que caminan todos los días donde supuestamente aparece esta serpiente atravesada, optaron por tenderle una trampa hecha inteligentemente que consistía de llegar despacito donde está este reptil ya con sus bocas llenas de tabaco bien masticado y escupirle por la cara y se quedará dormida instantáneamente por un lapso de tres horas. Entonces se llevarían la cajita tranquilamente. Dicho y hecho llegó ese día e iban caminando despacito hacia ella para no inquietarla, pero cuando se disponían a escupir el tabaco masticado, al instante se desapareció. Esta astuta serpiente se dio cuenta inmediatamente que eran unos malditos ambiciosos.

Mientras Nicolás en casa vuelve a sacar sus propias conclusiones en silencio debido a que todo se entera de lo que platican y lo que sucede a su alrededor, mentalmente empieza a imaginar que tarde o temprano lo van a matar a su amigo por ser tan terco.

"No te preocupes, Nicolás, nunca va a pasar eso", respondió Shánhuinic.

Shínula le está informando a su padre que va a salir al exterior para disfrutar el hermoso y exuberante vista panorámica que hay entre Petalcingo y Ahkabal-ná, y desde luego, echarse un chapuzón entre las frías y cristalinas aguas del río.

Y ahorita son exactamente las doce del día, tiempo mortal y es día viernes. Entre los antiguos tzeltales, los viernes son días mágicos para ellos. Shínula ordena a doce duendes para su seguridad personal y otros 777 que vayan por todas las áreas cercanas del lugar específico a vigilar que nadie se acerque. Esta vez es una aparición privada de ella, no es una misión ante sus adeptos cuando le hacen ceremonias en su honor como la benefactora de los tzeltales.

* * *

Shínula, Reina de las Sirenas

Capítulo 15

C iertamente se hablaba mucho también de las sirenas. Decían que si pasa un hombre donde está bañándose una sirena, era atraído por ella y que instantáneamente se desaparecían los dos. ¡Quién sabe!

Hasta donde era tan cierto, las señoras de edad madura son las que se juntaban para platicar todo esto, y yo con mucha atención escuchaba estas pláticas tan emocionantes. A veces hasta se les quemaban las tortillas en el comal por distraídas, mientras yo tomaba mi café sin azúcar que me había servido mi abuelita Antonia, la mamá de mi difunto padre, rodeado de mis pequeños y medios tíos hijos del padrasto de mi papá. Esos chamacos siempre andaban con la cola destapada y con las manos bien sucias y así tocaban mi comida que me había servido la abuela, pero ellos lo hacían por malos hábitos, no porque tenían hambre.

Mientras las señoras seguían platicando acerca de las sirenas, yo dejaba botada a veces mi comida cuando me daba asco. Mejor me iba para mi casa llevando en mi pensamiento una de las sirenitas. Decían que eran unas muchachas bien bonitas con bonitos cuerpos, pero que sus cinturas para abajo eran cola pez que a propósito movían sus hermosos pechos destapados encima de una piedra grande cuando están disfrutando las aguas del río. No sabemos si Shínula es una de las sirenas, pero en estos instantes le está informando a su padre que va a salir de la casa para ir a un paseo como un día de asueto.

Así pues, los duendes asignados para su custodia ya están listos y el primer grupo de 777 salen escandalizando como siempre, van por todas las inmediaciones del cerro y la finca cafetalera el Jolpabuchíl. Este primer grupo de duendes es para neutralizar a todos los caminantes entre la selva montañosa que pudieran tener acceso hacia donde va a estar Shínula. Este grupo de duendes que van a bloquear el paso de la gente, aunque no están autorizados para hacer maldades, a veces se les pasa la mano, y como son pequeños demonios hacen de las suyas. Tantas ejecuciones han hecho durante todas las misiones especiales ordenadas por su jefe Tatic Mamal contra los considerados invasores de su territorio.

Aunque Tatic Mamal solamente menciona escarmientos, pero estos diablillos, ni así se limitan en sus funciones, al contrario, se divierten más con la pobre gente cuando están ejecutando.

El grupo que salió primero ya anda entre la montaña donde creen ellos que anda la gente dirigiéndose hacia las cercanías del lugar destinado para Shínula. Entonces, éstos a propósito, van dejando sus huellas bien marcados donde pisan para que se desoriente la gente cuando pisan, y así se van desorientando hasta perderse entre la densidad de la montaña. También platicaban que muchos ya no regresaban a casa y era porque pisaron las huellas de los duendes. Se hablaba mucho que sucedían estos fenómenos los días jueves y los días viernes también. Nadie sabe a ciencia cierta porqué tenían esas creencias o porqué tenía que ser viernes para que sucedieran determinados eventos nefastos. Por última vez, Shínula le avisa a su padre que ya va a salir de la casa y sale escoltada por los otros duendecillos. La única gran puerta del cerro donde entró Nicolás un día, allí mismo entra y sale Shánhuinic y Shínula.

"Regreso enseguida, padre", así se despidió Shínula de Tatic Mamal.

"No te puedo mandar con ella, Nicolás. Eres capaz de quedarte allá dentro de tu territorio terrenal y que ya no regreses a tu cuerpo, tú conoces como la palma de tu mano dónde acostumbra mi hija ir a bañarse, es precisamente donde a cada rato pasabas. Es mejor que te esperes", le dijo Tatic Mamal a Nicolás.

Se han quedado los tres en casita: Tatic Mamal, Shánhuinic y Nicolás. Mientras, Shínula ya anda entre las aguas del río nadando con siete lindas sirenitas alrededor de ella que la acompañan. Pero ella mantiene su cuerpo normal, tal como es ella, y como la conocemos, sólo que anda semidesnuda, y su radiante y larga cabellera rubia es acariciada por un suave viento que sopla en estos momentos.

Muy místico evento llevándose a cabo en este paradisíaco lugar entre el cielo azul, las verdes montañas de frondosos árboles y el absorbente suelo de humedad, donde nacen infinidades de especies vivientes. Los duendes asignados para esta custodia andan muy atentos. Disimuladamente miran a su amada jefa Shínula semidesnuda. Su trabajo es rodearla, jugar, bailar y cantar con ella. Han entonado precisamente una dulce melodía. Sirenas y duendes acompañan a cantar a Shínula sobre las aguas haciendo más mágico este misterioso evento. De pronto de la nada, estos duendecillos sacan unas guitarras, violines, arpas, trompetas y otros instrumentos y empiezan a tocar. Este grupo de duendes se han portado de maravilla tal como niños buenos. No han hecho ninguna travesura como en otras ocasiones, solamente se han dedicado a su trabajo seriamente.

Entre las tranquilas aguas del río se ha formado un pequeño torbellino que ha formado una serie de olas que van y vienen atravesando a los concurrentes. Ellos siguen acompañando a la diosa Shínula con sus mágicos cantares. Tampoco ha habido ningún contratiempo, no ha habido ningún capricho de la misma naturaleza que obstruya este mágico evento, no como en otras trágicas ocasiones ocurridas con los que entran a explorar estos lugares de ámbar que les ha costado la vida. Tampoco las sirenas andan provocativas enseñando sus pechos destapados como en otras ocasiones para atrapar a los desafortunados hombres. ¡No! esta vez todos andan muy serios con su reina Shínula. Esta vez ha sido sólo una excitante y divertida convivencia entre la preciosa Shínula. Y por si fuera poco, hasta pájaros jilgueros han venido a cantar con ellos y entre otros seres que habitan en esta selva montañosa.

"¡Muy bien, muchachos! Ustedes son buenos músicos, han tocado de maravilla mi canción favorita y sigan disfrutando un ratito más. Yo les aviso el final", les dijo Shínula a los duendes.

Mientras se seguían escuchando las dulces y melodiosas voces de las sirenas en coro, sus sombras o sus siluetas reflejadas a través de las aguas como que tomaban vida, no infernal, pero extrañas criaturas. Shínula sacude su larga cabellera antes de aventarse al agua nuevamente, y cuando sale les ordena a sus acompañantes que el tiempo ha terminado.

Las sirenas que habían salido de las profundidades del río, como peces saltan de las aguas para luego caer de cabeza y desaparecer, y así de esta manera se presentaron como niñas bonitas sin utilizar sus trucos. Shínula y los duendes desaparecieron también, mientras algunos campesinos que pisaron las huellas de los duendes, andan perdidos entre el monte totalmente confundidos. No se acuerdan para nada dónde habían entrado, y son nativos de este lugar que conocen muy bien como la palma de sus manos, pero los efectos malignos que producen estas criaturas no eran para menos.

Seguido se hablaba en el pueblo que esto pasa frecuentemente. Así es que hay que tener mucho cuidado si un día pasáramos aquí también, hay que fijarse en las huellas que van dejando estas criaturas. También se habla de Shínula que sale de su reino en pleno luz del día, y las mujeres son las que les gusta hablar mucho de estos fenómenos. Bueno, una ocasión más para relatar este cuento.

Nuevamente ya se encuentra Shínula con sus sirenas exhibiendo sus encantos en el lugar de su agrado. Dicen que aquí es donde le gusta venir a bañarse en compañía de sus muchachas cola de pez y sus guardias asignados por su padre Tatic Mamal. ¡Ah!, pero se les advierte a los muchachos de Petalcingo y de algún otro lugar que no vengan de mirones porque está prohibido estrictamente el acceso. Mejor que vayan con las mujeres que saben contar este cuento de la Shínula y sus sirenas.

Así pues, ya están listas estas lindas muchachas. Algunas están trepadas sobre las piedras que hay dentro del río y las otras nadando. En medio está la reina, y hace su pantomima que está enjabonando su pelo y lo enjuaga repetidas veces y se sacude. Sólo le falta una toalla que se le olvidó traer y su jabón para que lave bien su hermoso cuerpo. Lo demás todo está bien. Ha empezado a soplar un poco el viento y vuelan otra vez esa blanca cabellera de Shínula. Las ramas de los árboles crujen y sisean ligeramente, pero no tanto como en sus presentaciones con los futuros cashlanes. Los duendecillos en acción nuevamente y cada quien con su instrumento musical flotando sobre la superficie del agua. No hay explicación alguna de cómo lo hacen para estar parados y no se hunden, de eso no sabemos pero es parte de la historia. Lo que sí podemos relatar es que este evento ya está como en otras ocasiones que hasta algunos de los animales que habitan aquí, vienen a divertirse. Hasta ellos también se animan a hacerle la segunda voz a Shínula y todos juntos cantan alguna canción de su repertorio. Ella también entra en acorde de las notas mágicas del arpa. Sus cadenciosos y sedosos dedos vibran en cada cuerda del instrumento. Verdaderamente

asombroso este evento en esta parte del río y entre la montaña en las inmediaciones del cerro de Ahkabal-ná.

Verdaderamente es una muñequita barbie la hermosa
Shínula. Mojada y con su casi transparente vestuario, pro-
vocaría el atrevimiento de algún hombre si hubiera acceso
a ella, pero como todo está resguardado, ha tomado toda su
absoluta libertad de sentirse en intimidad. Después de estar
casi una hora disfrutando divinamente este exuberante y mágico lugar, se retiran. Esto ha sido un relato más de Shínula
reina de las sirenas.

Ahora nos trasladamos hacia el reino de estos dioses mitológicos. Tatic Mamal está platicando con su hijo Shánhuinic acerca de que un día tiene que llegar un mortal de buena
fe con sin tanta ambición y mucho menos querer matar a
la serpiente. Y ese día dejará Shánhuinic de andar cargando
un baúl bien pesado en sus lomos. Pero mientras llegue ese
afortunado sin ambición, él tiene que seguir exponiendo su
pellejo hasta el final de esta misión. No sabemos qué pasaría
si llegara la fecha fijada por Tatic Mamal y que nadie se lle-
vara el tesoro. ¡Quién sabe! Sólo ellos saben.

"¿Cuánto dinero habrá en esa cajita? ¿Por qué no me la
regala a mí? A mí me hace mucha falta. Esos tarugos que
desprecian, ¿no saben para qué es? ¿Qué les pasa?", se pregunta Nicolás él solo.

"Ya has escuchado un par de veces que te voy a dar tu
recompensa cuando salgas de mi casa", le dijo Tatic Mamal
a Nicolás molesto.

"Pero yo ni siquiera he abierto mi boca, señor Tatic", le

respondió Nicolás al anciano.

"Todo lo que estás pensando lo estoy oyendo", le explicó Tatic Mamal a Nicolás muy molesto.

Mientras Tatic Mamal y Shánhuinic siguen hablando lo del baulcito, llega Shínula con su pelotón de duendes que la acompañan. Algunos duendes son tan barberos que llegan besándole la mano al anciano, algunos hasta se cuelgan en su cintura como changuitos y esto resulta gracioso para él. También Shínula le da un beso a su padre y saluda a su hermano palpándole el cuello. Shánhuinic aparentemente mira una enorme araña en la pared, abre su boca, saca su larga lengua de víbora y la quiere atrapar pero no alcanzó. Nicolás nada más mueve su cabeza al ver todo lo que hace su amigo Shánhuinic y lo que alcanza a escuchar.

"Como te fue, hijita?", preguntó Tatic Mamal a su hija.

"Muy bien, padre. Disfruté las aguas divinamente en compañía de mis adorables muchachas, mis pequeñas sirenitas y el cuerpo de seguridad que me enviaste... todos hicieron su trabajo muy bien. Ellos tocaron y nosotras cantamos nuestras canciones favoritas y lo hicimos de maravilla. Hasta los pajarillos ruiseñores llegaron y cantaron también. Sus trinares se escucharon más allá entre los montes y valles.

Y Ahora, ¿cuál va a ser tu siguiente programa de trabajo, padre? Te veo con intenciones de mover tus raíces", explicó y le pregunto Shínula a su padre.

"Sí, es que algunos países europeos están en problema con otros, y quiero bloquear ese estúpido pleito. Desastrosos resultados y pérdidas humanas están dejando en muchas partes. Yo voy a provocar un fuerte sismo donde se originó la guerra, y así tendrá que enfocar primero su atención al problema de su país ese gobierno", le respondió a su hija.

Dicho y hecho. Al momento ya está sentado Tatic Mamal en su asiento estructurado de oro y diamantes que ya conocemos. Shínula, Shánhuinic y Nicolás están presenciando todos los movimientos de Tatic Mamal, que en cualquier momento empezará a producir sus efectos a través de sus potentes raíces que ya están empezando a radiar chispas eléctricas de alta tensión. Nicolás empieza a ser apoderado de su miedo y empieza a temblar incontrolablemente. Con voz temblorosa empieza a preguntar si él también va a la guerra. Los tres se ríen de él, y le piden que se controle poniendo en coordinación su cerebro para en caso necesario. Pero antes de algún suceso no deseable no debe precipitarse al vacío él solo.

Shínula le pregunta a su padre si ya tiene señalado el lugar específico donde va a producir sus efectos, ya que cada segundo de tiempo mortal que transcurre en aquellos lugares en conflicto bélico, las fatales consecuencias van en aumento. Como sabemos, Shínula aunque no es realmente un ser humano, pero posee una apariencia de muchacha tierna y llena de sentimientos, es demasiada dulce y generosa y en ocasiones hasta le ruedan sus lágrimas en sus pupilas cuando se siente adolorida por algún dolor ajeno a su mundo. Realmente se ve demasiada preocupada por todo lo que está ocurriendo en el lejano continente. Shánhuinic al ver a su hermana muy consternada, empieza a sentir mucho calor en su interior y empieza a convulsionar. Aunque él trata de controlarse no lo logra por completo y su desesperación le provoca mucha sed. Empieza a sentir su boca muy reseca y empieza a sacar y sacar su lengua como queriendo tomar agua. En presencia de su hermana, de Tatic Mamal y de Nicolás empieza a transformarse en su otro abdominal cuerpo de serpiente y sale siseando y curveando este reptil en busca de agua, si es que hay.

* * *

Tatic Mamal y sus Raíces de Oro #5

Capítulo 16

No sabemos hacia dónde se dirige esta serpiente. Tal vez se haya ido a tomar agua donde Nicolás le dio un día, o en cualquier parte del río y aventarse hasta las frías profundidades para que se le quite esa desesperación que tiene. Mientras Shínula lamenta lo que le está pasando a su hermano y Nicolás también, empieza a pasar en su cabeza otra vez tantas ideas absurdas acerca de la serpiente que a dónde se habrá ido tan extrañamente.

"¡Pobre de mi hermano! Desde que le pasó esa desgracia

que casi le cuesta la vida, ha quedado muy sensible, y ahora por cualquier cosa no agradable le afecta mucho", le explicó Shínula a Tatic Mamal.

"Pero no te preocupes demasiado, hijita, él conoce todo lo que acecha en el mundo exterior. Por lo tanto tomará todas sus debidas precauciones", contestó Tatic Mamal.

"Sí padre, pero aquella vez y por andar como cualquier reptil lo confundieron. ¿Te acuerdas de eso o ya se te olvidó?" le explicó Shínula a su padre.

"¡Aaahh! Pero aquella vez él tuvo la culpa. Él se creyó muy serpiente terrenal con todos sus instintos y se puso a tragar un conejito tranquilamente que había atrapado", le respondió Tatic Mamal a Shínula.

Nicolás, escuchando todos estos comentarios acerca de su amigo y tal como ya dijimos, él también opinaba mentalmente, que ahora, ¿quién lo va a ayudar? ¿Quién le va a dar agua que necesite? Él no puede salir en su ayuda, y ahorita el Tatic Mamal está entretenido con una misión extraordinaria. Él no tiene tiempo para liberar a Nicolás de su físico y salir su espíritu para ayudar a la serpiente en caso necesario. Así es que Shánhuinic tendrá que usar todas sus facultades para seguir controlándose donde quiera que esté si no quiere que le pase otra cosa igual o peor de lo que le pasó anteriormente. Quizás Nicolás tenga razón de reaccionar su mente de este modo, él sabe cómo es su mundo.

Dicho y hecho. La canija serpiente se aventó al agua en la parte más profunda del río que encontró. Tanta era su desesperación que no pensó dos veces en esa peligrosa caída, desde la parte más alta de la orilla de este río voló como 50 metros que hasta gritó de dolor con su voz de Shánhuinic al golpear su cabeza con una piedra que hay en la superficie del agua, pero al instante se desaparecieron sus malestares que lo aquejaban.

"Esperemos que regrese pronto y bien, padre", dijo Shínula relajada.

"Así será, hijita, ya deja de preocuparte. Él sabrá cuidarse.

¡Bueno! Yo voy a seguir con esto. Esta vez no es una decisión mía directamente, es algo que yo tengo que evitar. Esos estúpidos peleoneros matándose entre ellos, y lo peor de todo, derramándose sangre entre inocentes. No son capaces de citarse entre mandatarios y agarrarse a golpes si tanto se odian o tanta ambición tienen, pero no llevar a tanta gente que nada tiene que ver con esos líos", terminó explicándole Tatic Mamal a su hija.

Como que lo sacude a Tatic Mamal terriblemente de coraje cuando habla de los peleoneros, igual que Shínula y Shánhuinic. Él también ha tomado muy a pecho y muy preocupado está por estos problemas hechos por los mismos hombres sobre la faz de la tierra. Y en ese instante realmente se ve muy irritado. Tal como un hombre normal de edad avanzada empieza a aplicar su conocimiento científico sobre este mecanismo de oro que se encuentra debajo de su trono, y que en un momento más va a ocasionar un fuerte terremoto en el país del provocador de guerra, según él.

Quiero hablarles nuevamente de las fuertes reacciones

que producen estos fenómenos cuando va a ser accionado. Aparentemente son simples objetos metálicos que se asoman sobre la superficie del suelo, pero con estos valiosos objetos tiene Tatic Mamal en sus manos todo el poder de controlar el globo terráqueo si él quiere. Un gobernante loco de un país está limitado en sus intentos de destruir donde no debe, y en cambio Tatic Mamal, él sí tiene los instrumentos necesarios para crear catastróficos caos y desastres sobre la tierra e incluyendo la parte fundamental de su reino, si él quisiera. Así pues, hasta suda el viejito para activar sus raíces mentalmente usando todos sus poderes como si fuera realmente un físico masculino con poderes sobre naturales aquí en el mundo de los mortales, como él mismo lo ha llamado. Pero no es así. Sólo es el espíritu del cerro de Ahkabal-ná. Ha empezado a mover sus dos pies pisando firmemente sobre cada uno de estos objetos. Su plan de trabajo es enfocarse cuidadosamente sobre un punto específico. La idea de Tatic Mamal es crear un fuerte sismo para que no continúe ese gobernante con su desastroso programa.

Así pues, Tatic Mamal solamente está utilizando dos de sus potentes raíces diagonalmente de esquinas contrarias. Lentamente estos objetos van en aumento su intensidad vibratoria de acuerdo al grado de movimiento de sus piernas. Ha dicho que con sólo dos de sus raíces bastará para paralizar a este hombre de su diabólico plan. Nicolás no ha dejado de temblar de miedo por todo lo que está ocurriendo junto a él. Los lloriqueos de Shínula de tristeza lo conmueven a él también y la transformación y convulsión de su amigo Shánhuinic y ahora con lo de Tatic Mamal, a él se le ha juntado. Si Nicolás pudiera saber si es de día o es de noche, tal vez diría "qué día tan pesado este día". Pero como en el mundo donde está el refugiado todo el tiempo es igual. No tiene otra opción para describir apropiadamente esta pesadilla que está viviendo.

Así pues, las dos raíces del anciano en función están al rojo vivo por la mega vibración, y el volumen de zumbido que ha producido no sería apto para personas normales, solamente Nicolás. Aunque el también ha sido creado, pero es casi un humano y razona a un 77.7%. A cada rato gira su cara hacia diferentes direcciones para no mirar a Tatic Mamal cuando suben de frecuencias las radiantes chispas eléctricas que le queman a sus ojos. Así ha estado durante todo este lapso de calentamiento de este mecanismo destructor.

Mientras en el otro ángulo de la tierra, uno o dos países después del océano Atlántico, un espectacular terremoto está sacudiendo a una de las más industrializadas ciudades de ese país. Obviamente el gobierno ordena una tregua a sus actividades bélicas para dedicarse a atender a sus compatriotas, mientras haya estabilización y posteriormente continuar con la guerra o firmar la paz que la humanidad tanto anhela.

Y es el propósito de Tatic Mamal, precisamente, neutralizar la actividad endemoniada de algún malévolo gobernante, y tal parece, se ha logrado este propósito. Aunque este anciano ha cometido también horrendos crímenes dentro de su territorio, pero él sólo se justifica utilizando determinados códigos penales con apego a la legalidad. Cuántas personas no han sido ejecutadas por los duendes tan sólo por tomar algunas piedritas ámbar, y todo eso ha sido por órdenes de Tatic Mamal, cuando alguien se atreve a invadir el territorio controlado por él. Pero viéndolo por el lado positivo y con respeto, quizá tenga razón este viejo. Claramente dice la frase célebre de un ex presidente: "entre las naciones y entre los individuos, el respeto al derecho ajeno es la paz." Y no pas, pas, pas, pas, pas, con una metralleta de alto poder. Por lo tanto, el gobierno de ese país en movimiento sísmico, está ocupando todos los cuerpos de seguridad nacional para ayudar a los damnificados, y sus recursos económicos son invertidos para esta causa.

¿Se debilitarán sus intenciones de atacar a otro país hermano? ¡Quién sabe!... Mientras en el reino de Tatic Mamal se está poniendo de acuerdo solamente con su hija, ya que todavía no regresa Shánhuinic de tomar el vital líquido que salió a buscar. Nicolás también quiere participar en esta plática, pero debido a que está tan absorbido por el miedo, únicamente balbucea y no es entendible su hablar y por lo tanto es ignorado.

"¿Qué querrá decirnos Nicolás, padre?" dijo Shínula a Tatic Mamal.

"No le hagas caso, hijita. Ha de estar pensando en su mujer", contestó Tatic Mamal.

"¡Tal vez sí! Oye, padre, mi hermano ya se tardó mucho, ¿no le habrá pasado algo?", preguntó Shínula.

"Ya no tarda en regresar, hija. Para mientras, vamos a platicar de mis planes referente al terremoto que acabo de producir. Es necesario nuestra presencia entre las víctimas, ellos nos necesitan. En algo podemos ayudar, aunque todos han estado dedicando su tiempo en esa zona, pero no es por demás nuestra visita", dijo Tatic Mamal.

"Bu-bub-bu", dijo Nicolás.

"¿Qué hacemos con este hombre? Si nos vamos no lo podemos dejar solo", dijo Shínula.

"Él me ha hecho un gran favor de ahorrar mi tiempo y esfuerzo. Él mismo se puso en trance y por lo tanto únicamente le reactivo sus venas cerebrales y se ha liberado de su cuerpo, y listo para un viaje astral que vamos a realizar", dijo Tatic Mamal

Cuando se disponía Tatic Mamal a liberar el espíritu de Nicolás de su cuerpo, en ese momento entra la serpiente curveando su cola como dando de latigazos y eso era la señal que ya se sentía muy bien. Y empieza a platicar de sus ánimos recobrados con su padre y con su hermana, y entre esta plática empieza a tomar su figura humana hasta convertirse en Shánhuinic.

Al instante se ha convertido en elegante cashlán nuevamente, y aparentemente vestido de un traje blanco, tal como lo describimos antes acerca de su personalidad, como si fuera artista de cine y televisión. Nicolás lo está presenciando todo, pero no podía decir nada. No sabemos si dentro de su subconsciente está escaneando cuyos hechos incógnitos o de plano está en un punto muerto.

"¿Qué pasa, padre, porque sudas?", preguntó Shánhuinic a Tatic Mamal.

"No hay tiempo para explicaciones, mi hijo, prepárate. Estamos a punto de partir hacia el otro lado del océano Atlántico, es una misión urgente, vámonos", explicó Tatic Mamal.

"Yo también ya estoy preparado, señor Tatic Mamal", dijo el espíritu de Nicolás todavía parado sobre su cuerpo recién separado.

Dicho y hecho. En menos de microsegundos hacen su aparición en el lugar de los desastres. Exactamente igual que en otras ocasiones en otras partes del mundo donde es la sede de las consecuencias de estos fenómenos producidos por este siniestro personaje. Ellos nunca son vistos, pero ellos sí ven todo y en ocasiones hasta mueven objetos y personas. Son tan palpables que hasta tienen facultad de materializarse a veces. Y lo primero que hizo Shínula al ver toda esta desgracia es ponerse a llorar tal como una muchacha de carne y hueso. Su papá le consuela y le prohíbe dramatizar más el asunto antes de que provoque alguna incidencia.

Shánhuinic, el hombre serpiente, se transforma en su reptil cuerpo y empieza a arrastrarse debajo de los escombros para verificar sus sospechas, porque lo primero que escuchó en el momento de su arribo en este lugar fueron quejidos que provienen debajo de estas toneladas de casas destruidas.

Tatic Mamal no le da mucho crédito al asunto, pues es el responsable de este mega desastre. Según él, lo hizo para evitar desgracias, pero los resultados de su obra es éste. ¿Quién puede contradecirle? Ellos son simplemente personajes mitológicos.

Tatic Mamal ordena a Nicolás que vaya a buscar a Shánhuinic en algún agujero donde supuestamente él se metió. Él, muy obediente, se acuesta de barriga abajo para gritarle a Shánhuinic en un agujero que encontró. Afortunadamente al momento le respondió Shánhuinic para avisarle que ya va saliendo. Se transforma en Shánhuinic para informarle a su padre que efectivamente, hay muchos aplastados debajo de los escombros y que necesitan ser sacados de allí. Acto seguido empiezan los tres a mover a los heridos y algunos los llevan directamente hasta las ambulancias y así sucesivamente transcurrían algunos minutos. Tan distraídos estaban los de la seguridad y voluntarios que ni cuenta se daban de los invisibles ayudantes, hasta que un policía notó que algo extraño estaba pasando. Se transportaban solos los heridos que no podían ni siquiera pararse, pero ni ellos tampoco podían imaginar quién los movía.

Tampoco los de la seguridad, los cuerpo de rescates, policías y voluntarios tenían tiempo para averiguar estos extraños movimientos. Mejor nada más miraban a muchos golpeados trasladarse de un lado a otro solos. Al cabo lo que se necesitaba era eso: rescatar a los heridos. Y debido a que Tatic Mamal dejó activado sus raíces a un porcentaje razonable para él, esto está provocando réplicas en secuencias. Levemente, pero sigue siendo sacudida la tierra.

No sabemos en qué año estamos. Sólo vemos maquinarias viejas, ambulancias y patrullas ya muy anticuadas y obsoletas haciendo todas estas maniobras, y algunos aviones también ya bien viejos sobrevolando. Las mujeres con sus vestidos largos todavía y los hombres con sus chaquetas viejas.

Ha transcurrido ya tres meses de esta tragedia y apenas empieza a normalizarse la situación. Entonces Tatic Mamal decide regresar al reino y se pone de acuerdo con sus hijos y con Nicolás. Quizás este ha sido la más larga estancia de ellos en una misión que han hecho durante todo el tiempo que Nicolás ha estado en el reino de la diosa Shínula y de Tatic Mamal.

Así pues, la misión ha terminado y se disponen a regresar. En menos de microsegundos ya están cerquita de Petalcingo. Hasta hoy nadie ha sospechado que Nicolás anda con ellos desde que desapareció del pueblo hace diez meses, excepto la bruja Meloshko. Y como todos los difuntos después de algún tiempo son olvidados. Entonces los familiares de este difunto ya han superado su tristeza y dolor que los agobiaban, Y ahora empiezan a vivir sus vidas normalmente aunque la viuda tenga que luchar por sus dos hijitos, mientras el disque difunto es sometido a la voluntad absoluta de Tatic Mamal dentro de su reino.

Tienen escasos segundos que regresaron de aquella tierra en desgracia y ha empezado Tatic Mamal a explicarle a Nicolás el ilimitado poder que tiene, y todo gracias a la gente que ha creído en ellos, excepto él.

Todos estos fenómenos ya vistos y los que están por verse se debe precisamente a que sí, los antiguos tzeltales de Petalcingo creyeron en ellos, y ellos mismo crearon con su fe a estos personajes en mención. El objetivo de esta gente en creer en ellos, es el que ya hemos hablado tantísimas veces: "cashlanizarse algún día", pero como también es maestro de brujerías, muchos prefieren ser brujos que ser cashlán. También ya hemos hablado bastante acerca de estas potentes raíces de oro, pues la misma gente ha inventado cuyos raíces que hasta la fecha todavía de vez en cuando algunas personas la comentan. Quizás es una de las más relevantes creencias de la gente que yo he escuchado, tal como lo he dicho en el comienzo de este relato. Así es, y no podía quedar sin ser plasmado en este libro.

Las guerras, las raíces de oro en acción, los terremotos, Shánhuinic, los viajes astrales y muchísimas cosas más, son basados en estas creencias. Vuelan pensamientos, vuelan como ellos lo imaginaron, vuelan a los cuatro vientos.

* * *

* * *

**Busque la
Tercera Parte
de
Ahkabal-ná 2100**

**"EL LAGO DE EL BOBO
Y LA CAMPANA ENCANTADA"**

* * *

CPSIA information can be obtained at www.ICGtesting.com
Printed in the USA
LVOW07s0717101014

408037LV00001B/42/P